# 掟上今日子的色卡本

NISIOISIN
西尾维新／著
绯华璃／译

台海出版社

千本樱文库

# 前 言
# PREFACE

文库，原本是指收纳书物的仓库和书库，也指收纳书与记事簿，以及不常用物品的小箱子。以前者为例，京浜急行线的“金泽文库站”就是以前镰仓时代北条氏用来收藏汉书用的，“金泽文库”名字的由来便是如此。东京都的世田谷区也存在着收集着珍贵汉书的“静嘉堂文库”。后者则更多地被称为“手文库”。

江户时代以来，可以放入袖袂的小开本书籍逐渐流行起来，被称为“袖珍本”。明治三十六年（1903 年），富山房发行了小开本的丛书，起名“袖珍名著文库”。随后，明治四十四年（1911 年），讲述战国时代的猿飞佐助和雾隐才藏系列故事的讲谈社“立川文库”发行出版。讲谈是日本民间艺术，以口语化的方式讲述历史故事的形式。而“立川文库”则是将讲谈收录成册集中出版的丛书，据统计，当时刊行量为 200 册左右。从那时起，文库就脱离了原本的释意，逐渐演变成了现在的类书集丛。

文库说法借鉴了日本出版业界的传统说法。而千本樱源自日本奈良县吉野山樱花盛开的奇景，世人皆称“一目千本樱”来形容樱花美景。千本樱文库的纳入作品皆为日系作品，题材包括推理、悬疑、幻想、青春、文化等类型，正如千本樱满山盛开的绝景。

现代日本，以“文库”命名刊行的丛书系列有200种以上，所谓“文库本”只不过是统称而已。日本传统的“文库本”常用的是A6尺寸的148mm×105mm，也叫“A6判”。千本樱文库的所有书籍将在“文库本”的基础上提升，达到148mm×210mm的开本标准。追求还原的前提下，力图带给读者更清晰的阅读体验。

从20世纪70年代以来，日系推理小说逐步进入中国读者的视野。随着时代更替，涌现出了各种不同风格的作家。日系推理能够长久不衰的原因之一在于设立的各种新人奖，这些新人奖能为日本文坛输送新鲜血液，不断地创作优秀作品。其中，以自由度著称的梅菲斯特奖独树一帜。梅菲斯特奖是讲谈社旗下的公募新人奖，其特色在于不限题材，不设字数限制，能够充分发挥作者的想象力和创作力。因此，获奖作品都具有鲜明个性。同时，如森博嗣、京极夏彦、辻村深月等人气作家也都出道于梅菲斯特奖。梅菲斯特奖作家系列的引进出版，会给读者带来更多的个性之作。

西尾维新作品的风格，即使放在梅菲斯特奖的历史上，也是独具一格的。2002年至2005年期间刊行的“戏言系列”兼具文学性与娱乐性，打破了本格推理小说解谜为主，不注重登场角色的传统。其作品中，经常出现形形色色个性怪异的角色形象：喜爱自言自语的大学生、醒来就会失忆的侦探……千本樱文库会陆续为各位读者带来他们的故事。

千本樱文库编辑部

作 家
WRITER

## 鲇川哲也奖作家系列

◉ 相泽沙呼
◉ 城平京
◉ 芦边拓
◉ 柄刀一

## 梅菲斯特奖作家系列

◉ 西尾维新
◉ 井上真伪
◉ 天祢凉
◉ 殊能将之
◉ 木元哉多
◉ 北山猛邦

## 其他作家系列

◉ 乙一
◉ 三津田信三
◉ 仓知淳
◉ 深木章子
◉ 横关大
◉ 野崎惑

# 掟上今日子的色卡本

# 序章 黑色的绑架犯

# 002

今天的今日子小姐穿着一件横条纹针织衫搭配黑色薄外套，外加一条黑色锥形裤。脚下穿着一双厚底坡跟短靴。忘却侦探虽每睡一觉记忆便会重置，但从来没有人见过她同件衣服穿两次——看来这个荒唐的传言是真的。这半年来，通过对置手纸侦探事务所所长——掟上今日子小姐的密切观察，我后知后觉地得出了这个结论。

当然，我并非为了确认今日子小姐的着装，才暗暗观察了她半年之久，要是被当成可疑的跟踪狂就麻烦了。那是不是出于高尚而文艺的目的，有意调查知名白发侦探？当然不是……从某种意义上来说，或许跟踪狂要显得更高尚且文艺。

因为，我是为了寻找绑架名侦探的机会，才一直尾随她。回过头来想想，这工作可真不容易——如果能将“犯罪计划”称为工作的话。

因为今日子小姐是一位绝对严守保密任务的忘却侦探，每睡一觉（基本上每天）记忆便会重置。即便接手关系到个人隐私或机密情报的案件，今日子小姐也绝对不可能泄密。当然，今日子小姐自身的相关情报也被保护得密不透风。

总之，在事务所期间，我根本无从下手。岂止是下手，连一根手指都碰不到。那栋建筑——忘却侦探的掟上公馆以不输要塞的坚固设计著称。假如日本遭受足以让全境化作焦土的剧烈袭击，想必也只有掟上公馆能维持原样吧。

但是，工作中更不可能。外人根本无法推测忘却侦探究竟接受了何种客户的委托。出于这种特性，今日子小姐时常能从各地警署接到秘密委托。若是贸然下手，指不定她身旁站的就是警察，我可不想遇到这种倒霉事。

如此一来，也只能趁她私人活动的时候下手了。

就这么办。

但前提是，必须要弄清楚，在街上优雅踱步的她，是否处于下班状态。区分方法其实很简单，带着手提包就表示是私人活动时间。今日子小姐素来坚持工作期间保持空手状态。当然，下班时间也有可能两手空空，但她绝对不会挎着手提包前往案发现场。顺便说下，手提包似乎也是时尚的一部分，今日子小姐每次搭配的款式都不一样。

从头到脚穿搭精致。

光从外表就很容易看出，她绝对是个身价不菲的有钱人。至今为止竟然没有遭遇绑架事件，真是不可思议。必须要趁其他人未能得手前，抢先下手。但是，下班时间并不意味着更容易绑架。换句话说，她至今为止能安然无恙，其实一点也不令人意外。因为即便是非工作时间，她依然是一名侦探，对周围的警惕从未松懈。

我完全是在跟踪一位跟踪专家，这意味着我随时有可能被发现。且不说绑架，光是跟踪年轻女性，在这个国家已经算犯罪了。但毕竟对方是身为忘却侦探的掟上今日子小姐，即便冒着风险，也值得一试。

肯定有人会说，对方不过是一名柔弱女性，用蛮力把她掳走不就行了。我前面也强调过了，今日子小姐可是一名侦探，说不定掌握了什么不为人知的防身术，比如格斗术之类的。通过这半年左右的调查，除了穿着方面的习性，我并未摸清今日子小姐的所有情报。虽然注重时尚的她不太可能装备功能性武器，但身为侦探，随时都有可能暗藏撒手锏。

再说，我也不喜欢暴力，还是文明一点比较好。

这时候就考验头脑了，可谓侦探与绑架犯的智慧角逐。

将此次行动称为“今日子小姐观察日记”显得有些动机不纯，不过据我观察，下班时间段的今日子小姐时常会被男性搭讪。说简单点，光是走在街上，就总有男性主动上前搭讪。说来真是不可思议，就以往的观察来看，工作中的她很少会被搭讪。或许就算没有搭配挎包，下班后的她释放的气场也截然不同吧。她身上依然充满了未知。如果我能像那些男人一样，对自身的魅力抱有足够的自信，那我完全可以悄悄混入勇于搭讪的男性阵营。但可惜的是，我属于慎重派。不管是对人生，还是对犯罪。

所以，我决定让今日子小姐主动找我搭讪——这样难度更高？当然不是。只要具备某项条件。

我只需要一辆小汽车，一辆贵得离谱的小汽车。

虽然用高级车邀请女性一同进餐这种手段，很可能率先暴露自己的肤浅，但我准备的并非高级车，而是一辆旧式老爷车。

那是一辆配备标准安全带，每天不修理就没法上路，但价格依然高得离谱，至今有五十余年历史的老爷车。款式当然是手动挡，为了买这辆车，我不得不对驾照进行限定解除*。

额外增添了不少费用。

要是能回本倒还好。必须要回本。

所以，对于识货的人来说，这是一件价值不菲的古董。但在普通人眼里，这绝对不是一款能打动女人芳心的车，经营多年的恋情都有可能因此变淡。

但是，即便不知道这是一辆款式珍稀的老爷车，很多人看到它，也会情不自禁地凑上前。今日子小姐大概就是其中一员。

---

* 限定解除是一项驾照审查手续，指将有条件限制的驾照改为无条件限制的驾照。——译者注

因为推理作家须永昼兵卫构思的作品中，就有一位名侦探曾飒爽地开着这款车兜风——正如《鲁邦三世》的狂热粉丝钟情于奔驰SSK和菲亚特500*一样，作为须永昼兵卫的读者，今日子小姐绝对不会对这款车视而不见。

反过来吸引忘却侦探的注意力——在跟踪的第三天我就发现，她是须永昼兵卫的忠实读者。我偷偷跟踪她溜进咖啡厅，从后方偷窥到了她阅读的书籍名字与作者名。顺便说下，因为是忘却侦探，今日子小姐一直在反复读同一本书。不同于穿着方面的习惯，她在阅读方面一直处在循环往复的状态。只有等到这本书快要翻烂了，她才可能会换下一本。

每当读完一本有趣的书，她都会祈祷说“希望能在一无所知的状态下重读一遍呢”。现实中的她也确实是这么做的。她永远无缘体会“咦？以前明明觉得这书挺有趣的，现在回过头一读，好像也就那样”的感觉。

所以，我今天找准时机，把老爷车停在了忘却侦探喝下午茶的酒店附近的路上。严格来说，我这是违章停车，但如果中规中矩地停到酒店规定的地下停车场，怕是没办法吸引她的注意，这也是无奈之举。遵纪守法是美德，但如果遵循美德，就没办法绑架了。

---

* 奔驰SSK和菲亚特500都是《鲁邦三世》中主角鲁邦最爱的座驾。——译者注

当然，今日子小姐也有可能注意不到酒店旁边停的这辆旧车，十有八九会被她忽视。毕竟侦探不是无所不能的神。而且就算她注意到了，说不定也会冒出“虽然我喜欢须永老师，但侦探开过的车就另当别论了”的想法——爱好可以细致地分为很多种。我不是很懂车，或许这车存在很多相似的款式，也许我从一开始就买错了车型。

成功的道路只有一条，而失败的道路有无数条。

但即便失败，也无所谓，到时再另做打算，改变策略，从头再来便是。这次的旧车作战，并非第一个绑架今日子小姐的作战方案，此前也策划过不少方案，但最终都未能得手。要是回过头去细数自己的失败次数，怕是会变得一蹶不振。有时间去想这些毫无意义的事情，不如把心思放到下个计划上。虽然接连花费了许多冤枉钱，但只要最后能绑架到今日子小姐，到时绝对能一本万利。

但是，绑架之神朝我露出了微笑。其实我也不相信世上存在这种神，也不希望被古怪的神投来这种笑容。

实际上，朝我投来微笑的是，正“咚咚咚”地敲着旧车窗户的白发名侦探。

“那个，打扰一下，突然这么说可能有些唐突，这车真的很不错呢！我可以坐在副驾驶座上体验一下吗？”

今日子小姐两眼闪烁着光芒，像个小孩子一样激动地趴在窗户上。我连忙回答：“乐意至极。”

# 第一章

# 红色的威胁电话

# 1

“掟上今日子在我手里，想救人的话，准备十亿日元。”

电话那头传来经过处理的合成音。在接到单方面的威胁电话的时候，到底是哪一点更让我（亲切守）感到震惊——是雇主今日子小姐被绑架的事情，还是绑架犯提出的赎金金额?

在常人看来，或许专职查案的侦探被绑架这种破天荒的剧情会更具冲击力。但十亿日元也不是常人能承受的金额，这足以让我这种平民停止思考。

就在我大脑宕机期间，电话挂断了，对方似乎还说了回头会找时间再打过来，不许报警，以及其他乱七八糟的警告事项，但我完全没有听进去。整个人彻底陷入恐慌。

先理清事件的状况，冷静下来。虽然事情才刚开始，但要当成刚告一段落般，让自己保持冷静。

我是置手纸侦探事务所的警卫，平日生活起居都在固若金汤的掟上公馆内。原本我是今日子小姐常去的那家美术馆的保安，出于各种缘由，后被今日子小姐挖来这里工作。

主要担任从事高危工作的忘却侦探的保镖。因为今日子小姐认为，虽然这栋大厦不管是在硬件方面还是软件方面，安全性都是首屈一指的，但还是需要有活人把控安全问题。

虽然我也不知道那个眼光苛刻的今日子小姐为何会选我担任保镖，但保护对象被绑架，对我来说绝对是极不光彩的事情，这足以让我羞愧到脸红。不，名声什么的已经不重要了。

事到如今，我也不再惧怕被解雇。那个看似文静，实际性格十分蛮横的雇主今日子小姐至今不知道解雇了我多少次，若是每次都斤斤计较，未免有些荒谬。

要冷静地思考问题。这有可能只是一通恶作剧电话，非常有可能。毕竟置手纸侦探事务所的电话号码一直都处于公开状态，而且事务所的知名度大部分得益于声名远扬的今日子小姐。会有人故意恶作剧并不奇怪……可还是说不通，要是戏弄名侦探本人倒还尚可理解，可戏弄我一个员工又能得到什么？

总之，先报警……不行，对方好像警告过不许报警，那我应该老实地按他说的做吗？

放弃报警，乖乖地准备十亿日元？

明明事态十分紧急，我却莫名地玩味起来——如同一个遇到难解的谜题，难掩内心激动的名侦探那般。

十亿日元。

一时间还真数不清这到底是几位数……难不成绑架犯以为自己绑了个职棒大联盟队员？*

而且，威胁我也没用啊。这么说可能有点无情，可我确实没那个财力啊。因为平时都是包食宿，我从今日子小姐那里领到的薪水并不多，而且还要扣除高额的生活费，金额高到我一度怀疑是否合法。

但那也是没有办法的事情。当然，我指的不是高额生活费。

在绑架犯看来，这时候能够威胁的也只有我了。因为忘却侦探不像是有家人或亲属，就算有也无济于事。

时至今日我才深刻地意识到，原来离今日子小姐最近的人是身为保镖的我。虽然是下班时间发生的事情，但毕竟没能保护好今日子小姐的安全——姑且不论我是否有资格自称保镖。

只是，如果这并非恶作剧电话，那绑架犯的目标不可能是我的个人存折，而应该是今日子小姐的储蓄。

任何事件都能在一天内解决的名侦探。

最快的忘却侦探。

绝对严守保密义务——向打着这种招牌的置手纸侦探事务所委托任务的客户，大多都有各自的特殊内情。因此，酬金也相对较

* 美国职棒大联盟是最难进入也是收入最高的棒球队。——译者注

高。而且，今日子小姐可不是那种“我只想解开谜题，对钱没兴趣”的清廉侦探。

说牟取暴利可能有点难听，但她就是一个贪得无厌的人——她既是一名家喻户晓的侦探，也是一位声名远扬的守财奴。看钱包里的钱，就像保护客户秘密一样谨慎。

绑架犯应该就是看上她的钱包了吧。就算不是，起码也不会看上我这个保镖的钱包。

不过，十亿日元！那个守财奴、嗜钱如命的金钱奴隶今日子小姐有这么多钱吗？假如真有十亿，那到底放哪儿了？

## 2

根据我所掌握的知识来看，绑架是一项失败率极高的犯罪。原本恶性犯罪的成功率就非常低，当中，绑架勒索的成功例子基本可以忽略不计。

从普通人的角度来看，递交赎金的时候，绑架犯必须现身这一点伴随着极高的风险。毕竟不能通过转账的方式交付赎金，而现金结算必须要伴随物理接触，大部分罪犯都会在这个时候被绳之以法。

而且，这时候的成功与否，不过是罪犯角度的价值观。若要站在受害人的立场分析——正如我现在的处境——在被绑架的那一刻，就已经十分地棘手。岂止是棘手，简直是束手无策。对于绑架犯来说，失败意味着“拿不到赎金”或“被捕入狱”；被害人希望看到的则是“人质被平安释放”，这一点双方无法达成共识。

即便绑架犯被捕，如果人质惨遭杀害，那就不能称之为“突发危机解除”。危机等于机会什么的，根本就是谬论。

或许处理绑架案件的搜查总部又会有不一样的观点。据说只要罪犯手中有人质或俘虏，警方就会以“撕票”为前提部署作战行动。但是，如果要进一步深究，绑架真的是一项失败率极高的犯罪吗?

成功的绑架案例向来不会被大众知晓，这是常有的统计手段。

成功案例不会被纳入统计数据，因为早就被内部抹除。

如果受害人与绑架犯间的交易成立，那就不会公之于众——不，如果人质能平安归来，后续就算大张旗鼓地抓捕罪犯，也不用担心会伤及人质，所以这种时候还是会公开的吧?

但这时候绑架犯的目的一般是拿到钱后远走高飞吧……不过，被恶性罪犯绑架，按照对方的要求交付赎金本身就是不光彩且极具屈辱感的事情，多数受害人会选择保密。所以，不能简单地去判定事情的成败。

比如，虽然战争胜利了，但对于战死的人来说，是否能得到慰藉——类似于这种问题。

再说了，现在讨论概率根本毫无意义。毕竟这不是薛定谔的猫。今日子小姐现在有多大概率能获救，有多大概率无法获救，即便讨论出结果，也改变不了什么。

所以，必须要不惜一切代价救出她。

可我只是区区一个员工，既不是今日子小姐的亲戚，也不是她的家人，甚至连朋友都算不上，需要为此背负这么多责任吗？我也不清楚答案。但眼下能拯救无依无靠的（我也不确定她是否真的是孤儿，至少至今为止从没听她提起过自己兄弟姐妹的事情）今日子小姐的，也只有我这个保镖了。

这不是出于责任，而是出于罪恶感。原本保护忘却侦探是我的职责，再怎么后悔也无济于事，早知道就算是非工作日，我也应该紧紧地跟在她身边。

严格来说，我并非今日子小姐本人的保镖，而是掟上公馆的常驻警卫。原则上，不管任何时段，公馆外发生的事情，都不在我的职责范围内（毕竟忘却侦探绝对严守保密任务，而我又不可能每睡一觉记忆重置，自然不适合随时跟在她身边），但我又没办法狠心地把责任撇得一干二净。

接到威胁电话的人是我，那通电话是打到公馆内事务所的公用电话上的。既然如此，那就在我的职责范围内。

眼下需要梳理清楚状况，还要让自己冷静下来。总之，我决定在天黑前先静观其变，说不定今日子小姐晚点就自己回来了。但很遗憾，现实并未如愿，连一通电话都没有。既没有今日子小姐通知“我迷路了，30分钟内过来接我”的电话，也没有绑架犯再度打来的威胁电话。

难道是怕我们反向侦查？这里可是忘却侦探事务所，为了保护顾客的隐私，别说什么反向侦查设备了，连号码显示屏都没有，对方完全多虑了。不管怎样，基本可以判断，这并非恶作剧电话，是该行动了。

对方兴许以为，我不同于那些不学无术的看门小将，毕竟时常能近距离观察忘却侦探办案，多少会掌握一些搜查、搜索的技巧。但很遗憾，我就是一个连门都没能进的小将。前面也说过了，今日子小姐十分注重保密工作，我基本接触不到案件的核心。

由于绑架案件性质特殊，虽然今日子小姐至今可能接到过两三次这类案件，但我都不在现场，所以，我根本不知道，这种时候该如何决策，如何应对。

我决定先思考以下两个常识性的问题：

①如果我要准备赎金，那要怎么凑齐这些钱？

②对方说不许报警，那我到底该不该报警？

挨个解决吧。我学着今日子小姐的样子，边喝着浓咖啡，边陷入沉思。

当然，眼下我所能筹备的资金，大概也就十亿日元的十亿分之一……说十亿分之一有点夸张了，但即便我动用所有社会信用，不顾一切地四处借钱，顶多也只能凑到大约一百万日元。也不是抱怨，因为我不是掟上侦探事务所的正式员工，甚至连非正式员工都不是，顶多只能算个连信用卡都申请不到的自由人士。

如果要按照绑架犯的要求，老实地筹集赎金，那就只能动用今日子小姐自己的金库——毕竟她坐拥一栋如此气派的大楼，肯定比我要富有得多吧。绝对不可能到连给我付薪水都十分勉强的地步。

不过，要是卖掉这栋掟上公馆，应该能值十亿日元吧？

话说回来，我又不是正式员工，怎么能擅自卖掉自己负责看守的公馆……但这样更能说明，这处事务所（也是我的住所，所以更不能卖了）就是今日子小姐的私有财产。

今日子小姐勤恳地工作了这么久，存款额即便没十亿日元，也一定高到超乎想象吧？绑架犯会近乎荒唐地提出十亿日元赎金的要求，也是因为知晓这一点吧……非常有可能。

如此说来，绑架犯应该非常了解今日子小姐，否则，他不会偏偏绑架忘却侦探。对方一定采取了某种手段，在动手前进行了细致的调查。

今日子小姐一直以来都是独自经营事务所，而且给外人以“独居女性”的印象，绑架犯会特意把威胁电话打到今日子小姐的住处兼事务所，肯定是因为知晓我这个无名警卫的存在……

对方多半是想借我之手筹集现金吧。这未免太可怕了，我竟然会成为绑架犯计划的一部分。

但是，有一点绑架犯失算了，虽然这并不能成为逆转事态的关键——他错看我了。

我的意思并不是说“我是个不惧威胁的硬汉”，而且绑架犯见我住在事务所，兴许以为我多少会知晓一些有关“今日子小姐资产管理”的事情——实际上我一无所知。

真是对不住了。

我连今日子小姐的巨额财产存在哪家银行都不知道。话说回来，她会存在银行吗？毕竟是忘却侦探，万一忘记银行名字和账号可就损失惨重了。而且我都不确定置手纸侦探事务所是否进行了法人注册。

据我所知，今日子小姐的所有工作都是以现金的方式进行结算……钱都放橱柜里了？

但今日子小姐的橱柜，不对，衣橱里全都塞满了衣服，完全就是一间服饰美术馆。

那她把现金放在银行金库的话……可万一忘记，后果一样吧？莫非她放在哪个信得过的人（除我以外）那里了……不可能，忘却侦探基本不信任任何人。如此一来，说到最安全的资产保管场所，也就只有公馆内部了。毕竟这可是一处坚固到足以用来存放导弹的不动产。里面就算没有橱柜，也得有几间空置的房间。我的想象力太过贫乏，不太清楚十亿日元现金堆起来是什么规模，应该不至于比公馆还庞大吧?

可公馆面积实在太大，盲目寻找也不是办法——十亿日元寻宝?不是吧?必须要这么做吗?

未经家主许可擅自行动，且不论后续是否会被今日子小姐告上法庭，说不定宝藏周围早已设置好了各种陷阱。

比如，我刚搬进来的时候，今日子小姐就提醒过我。

“把这里当自己家，自在地生活。看家的任务就拜托你了，淋浴室之类的随便用。但是，绝对不能偷偷进入我的卧室。”

虽然推理史上很少有从微笑的名侦探口中收到杀人预告的登场人物，但一想到推开门的瞬间，就会触发类似弩箭之类的物理机关，我就没勇气四处乱找。

我哪敢自在地生活，这里完全是不敢有丝毫松懈的职场……嗯，筹钱的事情基本陷入了死胡同。

或许拿一万日元的纸币去复印十万次要来得安全得多。

这种时候，若换作其他名侦探，或许还可以向曾合作过的富豪主顾借钱应急，但忘却侦探完全不可能，她连顾客名单都没有。即便今日子小姐像金田一耕助那样，有事业上的资助者，由于接触不到相关情报，我根本无法与他们取得联络。

联络吗……赎金的事情暂且放在一边，接下来思考课题②，确定是否该报警。

我也看过绑架题材的电视剧，以及类似的新闻报道，若要站在第三者的角度做判断，当然是向警方寻求帮助最为妥当——道理我懂，答案其实很明确。只要把搜查任务交由警察，人质平安获救的概率会大大提升，但如果站在当事人的角度思考，难免会举棋不定。

我还是担心，如果违背绑架犯的要求，暗中报警，人质可能会因此受到伤害，或者惨遭杀害——或许从某种意义上来说，胆小怕事的我不过是在逃避责任，赎金的事情也是如此。如果按照绑架犯的要求行事，最后等来的仍是最坏的结果，那我应该会把责任全部推到绑架犯身上吧。倘若我一意孤行，无视绑架犯的要求，很可能会因此害今日子小姐身陷险境。想到这里，我不由得瑟瑟发抖，根本没办法冷静应对。明明心里清楚，相信绑架犯多过相信自己，本就是错误的做法。

虽然不清楚富豪委托人的联系方式（也不知是否存在），但警方的委托我倒是接触过几次——在报警前，不如找刑警商量一下？

说不定他们愿意私下提供建议……不，毕竟他们是警署的人，而且掌握了许多案件常识，最后肯定会极力说服我前去报警吧。

对我这种举棋不定、优柔寡断的人来说，这当然是最希望看到的结果。但这样等同于把重要的事情交由他人决断，我的良心过不去。

当然，警察虽没办法像忘却侦探那样绝对保密，但肯定会暗中展开搜查，并且签订报道协议。可绑架犯势必也已做好万全的准备，说不定这栋公馆已经在他的监视范围内。绑架犯背后也许是一个团伙。

就不能有个折中的保险方案吗……面对有备而来的绑架犯，绝对不能大意。正因为能做的事情有限，才更应该竭尽全力。我一定可以的，因为我只能这么做。

在脑中纠结许久后，我突然灵光一闪。对啊，他或许可以帮我。

不管绑架犯事前调查得多么细致，都不可能比某个专家更了解忘却侦探，他或许能为我找到事件的突破口。

没错，忘却侦探的专家，造访公馆的频率远超任何富豪，置手纸侦探事务所的头号常客，隐馆厄介。

## 3

“原来如此，我明白了，如果是这件事，那你来找我帮忙是非常正确的选择，亲切先生。因为这世上没有人比我更了解今日子小姐。”

虽然隐馆的回答令人有些恼火，但至少他二话不说答应了我的请求。用事务所的电话拨通他的号码后，才刚响一声，电话里便传来“喂，你好，是今日子小姐吗”的声音。

反应也太快了，相比客户，倒更像是跟踪狂……不过，也多亏这点，我才能联系上他。

我个人整理的对置手纸侦探事务所存在威胁的危险人物名单上，记录了他的全名、住址和电话号码，否则，作为顾客，他的情报早就被抹除了。

毕竟是忘却侦探。

虽然表面上说是求助，但说实话，我有点怀疑他是否就是那个绑架犯。可从他接通电话后说的第一句话来看，似乎又不太像。总之，他是个热忱的青年，曾经还因崇拜今日子小姐，主动向置手纸侦探事务所投递过简历。

一般人都会拒绝吧……

先天具有冤罪体质的隐馆曾多次被今日子小姐拯救于水火之中，崇拜的心情能够理解，但钻研到“忘却侦探专家”的程度，未免有些夸张。

不知道他有没有找到新工作，我甚至有点为他感到担忧。

不过，说来惭愧，虽然他有诸多缺点，但眼下我也只能依靠他。说不定他会知道今日子小姐“秘密资产”的存放地点。

“话说回来，亲切先生，我这还是第一次和你直接谈话呢。听今日子小姐说，我之前也间接地受过你的关照，现在终于有机会报恩了。”

年纪轻轻，还挺会说客套话。“间接关照”这事确实略有印象。但鉴于“初次直接谈话”的印象，说实话，如果之前知道他是个这样的家伙，或许我会选择坐视不管——通过这次实际谈话，我隐约冒出了“这人性格如此可疑，难怪会被扣上冤罪”的想法。但我并没有因此后悔，毕竟我是个大人。

实际上，我只是希望他能推我一把。毕竟事关今日子小姐，而隐馆与她接触的时间要比我长得多，他理应会给出“还磨蹭什么呢，亲切先生，我会帮忙调查的，赶紧去报警吧”的建议。

而这恰恰是我所希望的。

但现实并未如愿，他给出的建议完全出乎我的预料。

“请千万不要报警。”

啊？这可疑的家伙在瞎说什么呢？

“然后装作顺从的样子，先准备十亿日元。”

我不禁再次怀疑，这家伙该不会就是那个绑架犯吧？“装作顺从的样子”什么的，完全就是诈骗犯的借口，等同于“给自己机会试一试”之类的典型套话。

我这是遇到了剧场型的诈骗事件吗？还是说，隐馆因为太在乎侦探，对是否要报警一事，比我还举棋不定？

但隐馆似乎是出于其他方面的考虑，才建议放弃报警。

“光是名侦探被绑架一事就已经十分屈辱了，如果还要借助警察之力逃脱，恐怕会损害今日子小姐作为侦探的名声。这一点务必要避免。”

这人对侦探的爱慕如此深切，好可怕。我竟然向一个不靠谱的家伙寻求建议。不过，经他这么一说，作为置手纸侦探事务所的（非正式）员工，这点不容忽视——即便今日子小姐平安归来，如果现有资金没办法让事务所继续经营下去，名侦探也有可能最终流落街头。

当然，这并非最坏的结果，最坏的是今日子小姐惨遭毒手，就目前的状况来说，这并非不可能。

当时太过慌张，大脑一时间没反应过来，在接到威胁电话的时候，我就应该要求“让我听一下今日子小姐的声音”，可我却没能按正常流程做出应对。

当我表述完自身的担忧时，“这点不用担心，毕竟是今日子小姐，说不定这会儿正在和绑架犯周旋，想办法自己脱身呢。所以，你现在要做的就是拖延时间。”隐馆从忘却侦探专属评论员的角度给出了自己的见解。现在最想脱身的是今日子小姐自己，这观点倒谈不上多独特。

只是，当中隐藏着何等坚定的信任。

作为平日能近距离接触到“非工作状态的今日子小姐”的员工，这种信任程度我不敢苟同。这些暂且不论，还是别把我住在掟上公馆的事情告诉他。

我怕会被灭口。

但是，拖延时间能理解，可用十亿日元做代价未免太荒唐了吧。

“只是做做样子，实际并不会给绑架犯。而且，不用十亿日元，一亿日元左右就够了，对方也没指望真能得到这么多钱吧。肯定是故意先狮子大开口，后面再慢慢妥协。”

对罪犯的手法深谙于心，这就是冤罪体质的特点。虽然一亿日元也不少，但相比十亿日元，显然更能让人接受，这就是绑架犯的巧妙思维吗？但想到是救命的赎金，就算被绑的不是今日子小姐，换作任何人，也值得吧。

但话说回来，即便是一亿日元，我也没办法靠一己之力筹齐。结果还是得擅自动用今日子小姐的金库。

她可是一位视财如命的名侦探，说不定到时产生的经费还得我自己掏腰包，但没办法，情况紧急——不如再请隐馆帮忙吧，借钱可是需要有人担保。

不过，这些都是后面的事情了。现在要做的是想办法筹集赎金，弄清楚今日子小姐秘密资产的存放地点。话题又绕回来了。

作为忘却侦探狂热者的隐馆，或许知道今日子小姐金库的所在地。

“怎么可能，我怎么会知道这种事情，你也太看得起我了，我只知道今日子小姐有在鞋子里藏一万日元纸钞的习惯，至于她的财产藏在哪里，我是真不知道。”

知道她习惯在鞋子里藏一万日元纸钞的事情就足够了——虽然是一种犯罪行为，但一般发现这点后，都会想知道她全部财产藏在哪里吧。

束手无策了吗……

看来，只能漫无目的地在公馆内找了。另外，我还想到一个不能报警的理由。如果现在报警，隐馆说不定会被逮捕，事务所就会痛失一位头号常客。

“但是，我可以从专家的角度给你一些提示。本来我打算去掟上公馆帮忙寻找，但说不定那里已经被绑架犯监视了，我只能远程给你提供建议。”

如果在家主外出的时候让你这种可疑人士闯入公馆，那可是保镖的失职——虽然很想这么说，但我还是咽了回去，因为我需要提示。

眼下可谓一筹莫展，我非常需要建议——迫切地需要。

隐馆评论员曾数次以委托人的身份造访过公馆，即便不能确定，至少也能大约猜出财产的隐藏地点吧……如果是这样，那在我被雇用，并入住这处公馆前，隐馆很可能从今日子小姐那里听说了什么——即便是今日子小姐，也难免失言吧，毕竟那人有时十分冒失。

到底在哪里呢？难不成是在禁止我进入的卧室里？

“不不，卧室绝对不能进去！会被杀的！”

隐馆慌忙打断了我，仿佛自己曾因此差点被杀一般。方才从容自信的状态陡然消失。

“那间卧室，那房间里什么都没有，特别是天花板，什么都没有。听我一句劝，绝对不要进去。”

怎么感觉他是在暗示我天花板上有什么，莫非卧室的天花板上藏有巨款？如果今日子小姐每晚都要看着这些钱入睡，那她作为忘却侦探的形象恐怕要坍塌了。

虽然这确实符合她的作风。

“擅自闯入女性的卧室可不是绅士的作风哦，亲切先生。”

虽然我很想生气地反驳一句“用不着你提醒”，但我还是决定虚心接受他的建议，毕竟他说的话也着实在理。

“绝对不能进入”的地方藏着大量现金，那是推理小说里才有的情节，而且那么做也太胆大包天了……

那隐馆觉得哪里比较可疑呢？

“很遗憾，我也没有什么线索，今日子小姐怎么可能会把情报泄露给我这种人。”不知为何，他的语气里透露着得意。随后，他继续说道，“但是，今日子小姐习惯提前为所有可能发生的意外做准备。她应该会留下一些线索，以免自己落入罪犯之手后，亲切先生不知如何应对。”

线索？也就是说……为避免发生意外事故或落入罪犯之手后，在调查期间失忆，事先在左臂的皮肤上直接留下的备忘录之类的东西？

“我叫掟上今日子，侦探，白发，戴眼镜，二十五岁。置手纸侦探事务所所长。记忆每天会重置。”

确实，为避免忘记财产的存放地点，忘却侦探按理会在某处留下备忘录。现在应该优先找到备忘录，而不是财产本身吗？

“不，这时候的线索应该很直接。亲切先生，你再仔细想想，今日子小姐一定委婉地告诉过你。她毕竟是守财奴，理应会准备一笔非常时期用的应急资金。”

隐馆的语气十分笃定。称自己景仰的名侦探为守财奴，这人脑子坏掉了吧。我不由在这点上心生质疑。不过，且不论是否会被绑架，名侦探本就难免要与各种犯罪事件打交道，自我防范方面自然不能疏忽。

所以才有了这栋坚不可摧的公馆，并雇用了我作为警卫——如此说来，事先没有任何防备才更不自然。

这就是隐馆的话外之音吧。

怎么说呢，今日子小姐有时候也挺莽撞，在我看来，要绑走她并非难事，但眼下还是听从专家的意见比较好吧。

不管他为人如何，至少只有他肯认真地帮助身陷困境的我。我没有资格蔑视他。“谢谢你，等今日子小姐平安归来，我一定会向她转达隐馆先生的功劳。”我边说边朝着电话机深深地鞠了个躬。

“没事啦，不用告诉她。”

面对我的致谢，隐馆给出了忘却侦探粉丝应有的标准回应。

“那先这样，我该回审讯室了，先挂了。没事啦，我早就习惯了，不用担心。”

看来我求助的对象是一位正在警署内接受调查的嫌疑人。不管有没有警卫，不管我是否允许他进入公馆，他都没办法前来协助搜寻了。

希望今日子小姐不在期间，忠实可靠的冤罪体质专家身边，能有一位优秀的侦探向他施以援手……先前对他一直有所耳闻，如今终于直接地对上了话，但会面恐怕还要另寻机会。

## 4

“把这里当自己家，自在地生活。看家的任务就拜托你了，淋浴室之类的随便用。但是，绝对不能偷偷进入我的卧室。否则我会把你当成罪犯，杀了你。”

就结论而言，今日子小姐这番充满威胁的欢迎话语是关键，若不提及，我完全不会注意到，但经他这么一说，我立马就想起来了。那说明，当中一定不简单。

线索。

其中最奇怪的就是“看家的任务就拜托你了，淋浴室之类的随便用”这一段。粗心一点可能注意不到，甚至有可能听漏，但回过头来仔细琢磨发现，逻辑有些怪异。“看家的任务就拜托你了”和“淋浴室之类的随便用”，两者表面根本搭不上关系——但如果存在联系呢？

莫非紧急时期使用的资金，就藏在淋浴室的某个地方吗？这一点我还真没想过。谁会想到侦探把钱藏在这种高湿度、高密闭性的地方。不过，现在看来，这确实是个盲点。

想到这里，我立刻开始了搜寻，像找到了救命稻草般。淋浴室——严格来说就是浴室，里面设有今日子小姐独爱的时尚浴缸。虽然这里不同于卧室，但在允许我出入的范围内。但趁家主不在期间，偷偷潜入她的浴室，未免有些变态。到时我还有什么脸去指责隐馆与绑架犯的行为。

我这种优柔寡断的性格，恐怕不适合当侦探，但即便我硬着头皮闯了进去，结果依然未能如愿。

这处气密性较高的空间内，基本没有任何能够用来藏东西的地方。我像大扫除似的，逐一清扫了排气扇背面、排水管里面等位置，但仍没有任何收获，只不过是让里面更干净了一点而已。

怎么变成大扫除了。

我再度陷入迷茫，这种脑力劳动还真不适合我。难道是我误解了？那其实是今日子小姐随意说出的话，根本没有任何特殊意义？是我过度地夸大了当中存在的瑕疵吗——不，等等。

说到瑕疵，当中还存在一个疑点。

淋浴室——确切地说，是浴室。

明明是浴室，今日子小姐为什么偏偏要说“淋浴室”呢？她完全可以说“浴室之类的随便用”啊，为什么要用“淋浴室”这个词呢？或许她的言外之意是，我这种大块头进浴缸会让水全都溢出来，那样太浪费。但是，今日子小姐顶多只是在钱的方面抠门，对洗澡水不至于限制得那么苛刻。

既然如此，那她的意思不是说我不能用浴缸，而是要我把注意力放在淋浴器上吗？

可这里的淋浴器跟我们平日使用的并没有什么两样。上面分别设有水压控制杆和温度控制杆……莫非调整两个控制杆的角度，会出现一个隐藏的金库？我也期待能出现这种间谍电影中才有的情节，但很遗憾，眼前只有一面普通的镜子。

到头来还是徒劳，仍是一筹莫展。

明明时间紧迫，我却在这里浪费时间……任何案件都能在一天内解决的忘却侦探，平日也承受着这么大的压力吗？我不由对那位蛮横的雇主肃然起敬。

别再转头（纠结）了，再转下去头要断了——正当我蹲在铺有瓷砖的浴室里，感到绝望的时候，脑中突然闪过这句话。这只是平时的一个比喻用法，并非今日子小姐说过的话语，也不是从隐馆那里得到的提示——只是一句普通的话语。

所以，只是一种偶然，或者说是奇迹。

无用功做多了也能产生奇迹。原来如此，我总算切身地体会到了今日子小姐看似效率低下的网罗推理的厉害之处——把想到的事情全部验证一遍的侦探术。

具体来说，被固定在墙上的淋浴器后，并不存在什么可通过控制杆操控的隐蔽金库，重点在于它的可拆分设计——花洒。

能直接拧下的花洒。

内部当然是空心的，里面说不定藏了什么，对此我十分确信。

但眼下心急也没用，因为距离目标还差一步——确切地说，是两步。

取下花洒后，里面什么也没有，空无一物。不管怎么甩，也没有掉出任何东西。

莫非我推理的方向错了？相比绝望，内心更多的是羞耻，今日子小姐并没有只说“淋浴器”这个词，而是说“淋浴室之类的随便用”。

事已至此，我已无暇思考太多，基本是凭着感觉，条件反射地行动。

我随手转动控制杆，因为没有花洒分流，接口处冷不丁地喷出一条水柱。

因为事前毫无防备，我的衣服顿时被淋得湿透。虽然眼下的惨状看起来有些愚蠢，但我完全顾不上这些。

因为随着水柱一起流出的，还有一张被揉成一团的纸条。

我也是后来才知道，原来市面上很轻易就能买到那种即便浸在水中也不会发软的防水纸，以及遇水也不会消失的防水笔。

淋浴器衔接管中放置的就是这种防水纸……平时花洒都是悬挂在上方，在重力的作用下，纸会掉到管子的深处，这样即便有人取下花洒，也不会轻易发现纸张。

只有取下花洒，打开用水的开关，才能发现“宝物”——双重确认。当然，目前发现的也只是一张用皮筋困住的防水纸而已。

也就是说，需要三重确认。

防水纸上只写着一个单词——“HEAD”。

“HEAD”？

是今日子小姐的笔迹。毕竟在同个屋檐下生活了那么久，笔迹还是能认出来的。“HEAD”，头？

这下我真是摸不着头脑了，又是误导线索吗？虽然这样会加大我解谜的难度，但毕竟谁也不敢保证公馆不会突然闯入陌生人，然后碰巧取下花洒，碰巧打开水龙头，看里面是否藏有物体。

既然存在翻找冰箱的小偷，自然也有可能存在查探花洒衔接管的小偷——就像有观众能根据推理电视剧的角色列表找出绑架犯一般，也有人可能跳过解谜，直接找到答案，出题者必须要有所防备。

“把这里当自己家，自在地生活。看家的任务就拜托你了，淋浴室之类的随便用。但是，绝对不能偷偷进入我的卧室。否则我会把你当成罪犯，杀了你。”

为了不留痕迹地混入线索，今日子小姐肯定在前后加了一些无用的内容。可她为什么要特意提及自己的卧室，这反倒让人很在意。当然，擅自闯入女性卧室的行为有悖常理。不管事态多么紧急，我都不想踏入……正因如此，秘密财产才更有可能在今日子小姐的卧室。如果现金真的就藏在天花板内，相比大胆，更多的是冒险。

那里才是小偷最容易盯上的位置。但是，反过来说，今日子小姐"禁止进入的"是"我的"卧室。

除此之外，都可以当成"自己家"，"自在地生活"。如果不是"今日子小姐的卧室"，而是"我的卧室"的话，那可以随便调查啊。

也就是说"HEAD"指的是"BED"。

故意写错，成为"误导"暗号，就推理而言，这似乎有些不公平。那些自命清高的寻宝猎人怕是很难接受这种"寻宝地图"吧。非要解释的话，只能说第一个字上面的两点用花洒里的水滴代替了——也就是说，"ヘッド（HEAD）"指的是"ベッド（BED）"。

我穿着湿透的衣服回到自己的卧室，立刻开始了拆分床铺作业，这完全是体力活。

确切地说，是苦力活。

耗费一番功夫后，我总算连同床垫一起，把整个床铺都翻了过来——我就像只猩猩一样，不顾后果地（甚至没想过今晚睡哪）蛮干着。如果金库的尺寸超过一定程度，那它本身的重量就是一种保险。为一介警卫配备如此厚重的床铺，这应该不是什么特别的福利吧。

如果这次再扑空，那我可就要崩溃了。很快，眼前出现两个公文包，没有上锁，打开一看，里面塞满了现金。

虽然没有十亿日元，但至少有两亿日元左右。

先前还吐槽说把现金藏在天花板里，每天看着钱睡觉的今日子小姐趣味低俗，结果却是我自己每天睡在钱上……侦探的防护思维真令人折服。

即便有小偷能想到要确认花洒内的状况，也不会有小偷聪明到——愚蠢到想去搜警卫的床铺吧？

但是，竟然在本人不知情的情况下，把这么一大笔现金交由警卫保管，这雇主未免也太鲁莽。虽然小偷是不敢来，但住在里面的我说不定会发现呢。

反过来说，最后能依靠的不是系统，而是人。

这表示忘却侦探信任我，我不能让她失望。

今日子小姐说过，“淋浴室之类的随便用”——她说可以随便用。

紧急时刻可以自由分配的金额约有两亿日元……虽然距离目标金额相差甚远，但这好歹是今日子小姐血汗钱的一部分，绝对不能浪费。

交涉开始。

# 第二章 橙色的监禁

# 1

尽管我省去了不少麻烦，走运地绑到了忘却侦探，但这也是我辛勤付出的结果。今日子小姐一醒来就摸清了自己所处的状况——作为每睡一觉记忆便会重置的忘却侦探，醒来后的反应速度出奇的快。

因为是忘却侦探吗？

通过左臂上留下的部分知名备忘录内容，她很快便知晓自己叫“掟上今日子”“二十五岁”“侦探”“置手纸侦探事务所所长”“每天记忆会重置”同时也冷静地认清了自己正坐在椅子上，全身被绳子（尽可能温柔、宽松）捆住的事实。

即便身处没有窗户，光线昏暗，乍看之下没有任何特点，被抹除所有特征的陌生房间内，她也没有丝毫的恐慌。她要是尖叫起来，一定会产生很大的回声，这样反倒帮了大忙。

虽然眼下的状况为我省了不少麻烦和烦恼，但忘却侦探毕竟是我费了好一番功夫才绑来的，反应如此冷淡，未免让人有些扫兴。

不过，这样才正常。

没错，侦探就应该异于常人。

“抱歉，为了以防万一，我想确认一下，我是被你绑架来的，对吧？”

明明已经无法动弹，侦探却仍以平静的语调淡然地提问。这反倒激起了我的兴致，我不合时宜地燃起了闲聊的冲动。

想与侦探来一场激烈争论的童心强烈地驱使着我——怪人二十面相*或许也是这种心理吧。

可这与我的目的乃至信念相违背。也不是相违背，而是我必须要有一个绑架犯该有的样子。

“那个……抱歉。”思考再三后，我先道了声歉，“衣服是我随便选的，在搭配方面可能没你那么有品位。但我不希望你‘同件衣服不穿两次’的习惯被这种小事打破，所以就看情况挑了几件。”

我准备了苔绿色的七分裤、橙色短袖、经典格纹修身马甲、红色长筒袜以及鞋跟稍高的红色浅口皮鞋。

从“观察日记”里的数据来看，不管是夏天还是酷暑天气，今日子小姐都会选择肌肤裸露程度较少的服装，主要也是为了遮盖写

* 怪人二十面相是日本推理小说作家江户川乱步为其一系列少年推理读物所创造的反派角色。——译者注

在皮肤上的备忘录吧。

正因如此，我才故意使了点小伎俩，大胆地改变她的着装习惯，通过选择与侦探平日风格迥异的衣服，来掩盖品位上的差距。

当然，主要也是为了让今日子小姐醒来后能第一时间看到左臂上的备忘录，以免陷入混乱……考虑到她被捆在椅子上后，没办法卷起衣袖，我提前制定了相应的对策。

如果非要说的话，我在椅子上也下了点心思——那是一张特意从国外买来的旧式安乐椅。今日子小姐虽看似瘦弱，但工作起来却是雷厉风行，果然还是安乐椅比较适合侦探。

今日子小姐似乎很是满意，她惬意地前后摇动着安乐椅（或许只是想借此确认双手、双脚以及身体被捆绑的松紧度吧）。

“勉强及格。”今日子小姐微微笑着说道。

及格？什么及格？啊，是指衣服吗——没想到还会对我作出评价，我意外地受到了打击。

“尺寸刚刚好，这一点我很满意。衣服款式恰好凸显出了我四肢纤细的优点。橙色的开襟衬衣我平日很少穿，不过偶尔转换一下风格倒也不错，我还挺喜欢。不过，非要说缺点的话，这鞋子我不喜欢，款式是不错，但要论站起来的效果，还是平跟给人的感觉更清爽。”

被挑刺了，别看就这样一双鞋，我可是费了好一番工夫才挑中的。不过，女人的鞋款式实在是太多，我最后也是无奈地随便选了一双。

“如果你肯给我松绑，我可以给你走几步，证明给你看看，怎么样？”

今日子小姐的语气十分平淡，我差点就答应了，幸好最后反应了过来——好险好险。

我又不是参加进修的服装设计师，我可是绑架了一位女性的凶恶绑架犯。

但是，其实我也不是很懂，要怎么做才算是凶恶？虽然我事先也做了很多功课，但毕竟这是我第一次绑架侦探，对手法不是很熟悉。

回过头想想，准备衣服、椅子什么的，完全像是在招待侦探。我这哪是绑架犯，完全就是管家。

“然后呢？你打算杀了我吗？”

今日子小姐以一如既往的语气，提出了关键性的问题。

“因为我是忘却侦探，现在已经完全不记得是怎么被关到这里来的了。不过，你没有蒙住我的眼睛，还为我戴上眼镜，而且还让我看到了你的真面目，那就表示你们没打算让我活着回去，对吧？”

“才不是，我们——”

没等我反应过来，我已经条件反射地泄露了我是单独犯的事实。名侦探故意以“我没有与任何人合伙，也没有受到他人的指示”的虚荣心为诱饵，对我设下问题陷阱。

侦探的话术果然恐怖。再这样下去，我的个人情报会被她全部套走。想到我此前为收集今日子小姐的个人信息所耗费的庞大时间，我瞬间被彼此才能的差距所折服。

算了。

她套再多的情报也没用——就像即便看到我的真面目也毫无意义一样。

反正最后都会死在我手里——开玩笑的。反正她最后都会忘记。

就算被她看到真面目，被她摸清我的本性，只要动用在老爷车里施展过的伎俩，让她睡上一觉，我犯罪的事情就会从她的记忆中消失。

我的罪行全部被抹除。

所以我才特意把绳子绑得松一些，以免在她身上留下勒痕。毕竟她头脑聪慧，说不定能从勒痕推理出自己被监禁的事情。

所以，没必要蒙眼。

至于为什么给她戴眼镜，虽然现在是一个靠手机社交的时代，但重要的对话还是要看着对方进行比较好，这是我的见解。

威胁电话除外。

“我并没有杀……加害你的打算。”

我笃定地说道。不，实际上中间还改口了——我内心有点抵触说“杀你”这个词。

或许这样会让对方认为我是个胆小如鼠的罪犯……算了，总比过度恐吓，害对方陷入恐慌要好得多。

反正接下来要做的事情都一样。

我继续说道：“我已经向你的下属索要了赎金，只要交易顺利完成，你就能安然无恙地回去。当然，是在忘记一切的前提下……”

“赎金。欸？我还有下属啊。还以为我是个独来独往的高冷侦探呢。顺便问下，赎金是多少啊？”

不愧是以守财奴著称的今日子小姐，第二个问题就是确认具体金额。或许她就是那种初次见面就能毫不忌讳地问对方年收入的人。

“十亿日元。”

我想不到撒谎的理由，如果随便敷衍，说不定会暴露其他秘密，所以我还是决定如实回答。

“十亿日元吗？”今日子小姐并没有很惊讶。她露出失望的神色，夸张地长叹了口气，“曾经有人评价说我的头脑价值堪比战斗机，十亿日元未免太看低我了吧。”

“十亿日元很少吗？”

曾经，那是什么时候的事情？重置前的记忆吗——还是说，只是单纯的吹牛？不能被她的花言巧语迷惑。

“在可接受范围内吧，不过，我的下属有没有这么多钱就不好说了。”

下属吗？也对啊。

为避免错过今日子小姐醒来时的样子，我一直在监禁室内守着。差不多该向掟上公馆打第二通电话了。

确认一下置手纸侦探事务所唯一的员工，警卫亲切守的动向——他是在按照我的要求筹集赎金呢，还是违背要求，暗地里报警了？

根据对方的配合程度，我的应对策略也会随之改变。如果可以的话，我也不想伤害今日子小姐，但如果把我逼入绝境，我也有可能不择手段。

我知道掟上公馆的电话机没有安装反向侦查系统，但我还是要多个心眼，用公共电话打过去。

虽然我以单独犯的身份为豪，但这种时候，我还是希望能有个帮手。

如此一来，我就不得不中断与今日子小姐的谈话了。

“那我试试看能不能提高赎金金额，接下来我会给你的下属打

第二通威胁电话。今日子小姐，这期间你等着肯定也无聊吧，不如我们玩个游戏吧？”

“游戏？”

“猜谜游戏。我需要确认一下，你这个人质是否值十亿日元，或者说值更多。虽然通过对话隐约能窥探出你的实力，但我还是担心十亿日元是不是要价太高。”

“哎呀，那还真是感谢你的好意。如果是这个理由的话，那我没必要证明自己的实力。我干吗要让绑架犯放心，如果能因此降低点赎金，对我忠实的下属来说也是好事吧。这样也能避免多余的花销。”

下属忠不忠实暂且不提……但侦探把自己的赎金称为“多余的花销”，这思维未免也太奇特。

这岂止是守财奴，简直是守财神。

“当然有必要。如果今日子小姐能赢，我会为你提供丰盛的餐食。”

“如果输了呢？”

“输了也没什么，顶多吃不到丰盛大餐而已。”

“哎呀，意思是会让我吃得很差吗？”

“哪里，瞧你说的，怎么能让你吃得太差呢，败者顶多什么都没有。”

“你这是虐待俘虏。虽然很不情愿，但既然是这样，那就只能陪你打发时间了……反正我也没事可干。”

“但是，如果真的只是打发时间的话……”今日子小姐以不以为然的语气，试探似的说道。

果然普通手段对她行不通。

如果侦探一听是打发时间的游戏，就轻易上钩的话，那我反倒要伤脑筋了——这种头脑根本不值十亿日元。

不过，毕竟事关“食物”，即便侦探察觉出绑架犯暗藏心思，也只能暂时配合游戏吧——这是我的想法，但事实并非如此。

那只是普通人的思维，今日子小姐配合游戏并不是为了“食物”。

而是为了“衣服”。

“绑架犯先生，豪华大餐的事情可以后面再说。要是我赢了的话，能不能给我换身衣服？鞋子也想换一双，穿短袖感觉很不自在。”

就这么想换吗？

看来我根本没及格啊。

## 2

“不行，一分也不能少，赎金必须要十亿日元，只多不少，赶紧给我去准备。”

直到半夜，我才焦躁地等来了第二通威胁电话。但关键的通话时间还不到一分钟。本以为自己已经鼓足勇气，做好了完全的准备，结果还是没能交涉成功。

对方丝毫不留情面。

还没开始就吃了闭门羹，降低赎金的事情交涉无果，突然觉得自己好悲惨，心情瞬间跌落谷底。

本以为，有了这两亿日元现金，即便没办法解决问题，至少也朝着解决的方向迈出了一大步，谁知却是这样，这让我更深刻地认识到了自己的无能。

仔细想想，就算要讲价，也不可能直接少八亿日元吧。虽然两亿日元也不少，但谁也不会因此放弃八亿日元吧，这不合常理。

隐馆认为，罪犯要价十亿日元只是一种为了尽可能获得更多赎金的伎俩，实际并没想要这么多，说极端点，说不定一亿日元就能成交。当时我觉得挺有道理，但现在回过头想想，说不定绑架犯真的就想要十亿日元。

万一对方要求我哪怕卖掉公馆也要凑齐十亿日元该怎么办？还是说，这处不动产内还存在今日子小姐的其他秘密资产，只是我没找到？

绑架犯就是因为知晓这一点，才提出这种交易要求的吗？虽然我不清楚绑架犯为了这次的绑架计划究竟提前投资了多少，但既然他会以十亿日元为交涉前提，想必已经耗费了不少资金。

万一他为了得到十亿日元，提前投资了五亿日元以上，那两亿日元肯定没法接受……当然，对方也有可能只是单纯的愉悦犯*。故意提出我不可能完成的要求，暗中欣赏我为难的样子……但话说回来，我有那么值钱吗？

反过来还差不多。

绑架犯绑架作为员工的我，向雇主今日子小姐索要十亿日元赎金，暗中欣赏名侦探左右为难的样子……如果绑架犯真有这种恶趣味，那这种情况才算合理。

这就像在推理小说中，相比读者，更愿意挑战名侦探。

也可能存在这种绑架犯。毕竟世界之大，无奇不有。

但是，我不过是一介警卫，连名侦探的搭档都算不上，威胁我，为难我，又能有什么好处？就算这么做，也得不到任何夸奖啊。就算欺负我，也得不到任何名声，甚至是件很不光彩的事情。

如此看来，绑架犯是真的只是想要十亿日元吗？

可是，这次不仅交涉失败，因为绑架犯有些不耐烦，我甚至都没能确认今日子小姐的安危。说来真是懊悔，因为一心想着讲价的

---

* 愉悦犯指的是用犯罪行为引发人们或社会的恐慌，然后暗中观察这些人的反应，并以此取乐的犯罪者。——译者注

事情，我忘了提出“让我听听今日子小姐的声音”的要求，明明先前想着一定要确认来着。

从绑架犯坚定的态度来看，应该不会答应我这种要求。而且，那通威胁电话是用公共电话打来的。

即便固定电话没有装反向侦查系统，也没有来电显示屏，就算我是个不懂侦探术的警卫，也不难看出这点。

因为通话途中，电话里响起了嘲讽似的“嘀铃”声，这应该是往公共电话追加投币时发出的声音。

虽然没办法单凭这一点画出罪犯的人物像，但可以肯定，对方不太习惯用公共电话。会在那么短的通话时间内被要求追加投币，那表示这通威胁电话是绑架犯刻意跨县打来的。对方可能没料到话费会增加这么多吧，不然从一开始就会选择投一百日元硬币，所以才慌忙地追加投币。绑架犯兴许想着反正说两句就挂，于是大意地投了十日元……

但这并不能说明什么。

兴许第一通威胁电话就只花费了十日元，这次并不能说是大意。

我不懂如何锁定公共电话的位置，如今不习惯使用公共电话的也大有人在。

虽然看似从中推理出了一点什么，但实际仍是一筹莫展……非要说的话，一个开口要价十亿日元的绑架犯，竟然连一百日元都舍不得，这画面给人一种莫名的违和感……

莫非真是愉悦犯？不行，这样更让人伤脑筋。如果对方不是为了勒索绑架，那今日子小姐平安归来的可能性就更低了。

现在不仅是我被绑架犯的无理要求折磨得苦不堪言，今日子小姐或许也正忍受着绑架犯的百般刁难。

距离今日子小姐外出已经过去十二个多小时了，不知道她有没有饭吃？这时候期待绑架犯悉心款待或许是种奢望吧……

而且绑架犯说了一句让我十分在意的话。确切地说，是令人绝望的话，“赎金必须要十亿日元，只多不少”。这是什么意思？已经开口要了十亿日元，难道后面还打算涨价吗？

虽说一条人命（不仅是今日子小姐的命）的价值远不止十亿日元，不，确切地说，生命是无价的，但也不能漫天要价吧。

总之，虽然公共电话的事情暂时毫无进展，但可以确定的是，对方并非完美罪犯。虽然他事先对今日子小姐、置手纸侦探事务所以及我的事情做过详细的调查，但却并不熟悉公共电话的使用方法。

至少我没有被自责感与无力感击溃，这也算是一种收获吧。如果绑架犯画像一直这么模糊，我将无从下手。不管是绑架犯还是杀人犯，不过都是普通的人，并非怪物或者妖怪。

但现状依然毫无进展。

不过是不熟悉公共电话的使用方法，绑架犯只是犯了一个常识性的错误而已，就像在推理小说的诡计中发现细微的矛盾一样，这些并不会影响故事的整体发展。也许绑架犯希望我能继续筹钱（起初对方虚张声势地开出十亿日元的价格，虽然我没有达到要求，但好歹凑到了两亿日元，绑架犯可能因此起了贪念——这也是人之常情），但这条路显然已经失去意义。

是时候求助警察了吗？

虽然从一开始就该这么做，世间有些事情，即便用两亿日元也无法摆平。通过这次的绑架事件，我终于认识到，金钱不是万能的。今日子小姐的热情粉丝兼头号常客隐馆担心，危急时刻求助警察会损害侦探的名声。他的心情我能理解，但名声真的要比人身安全更重要吗？

最不济，也只是做不成侦探，只要还活着，往后总有希望……关于这一点，我与隐馆的看法截然不同。隐馆深信“只有当侦探才能实现今日子小姐的价值”。但我认为，凭借今日子小姐的才华，不管做什么都能成功。记忆每天重置的体质，即便在忘却侦探以外的领域，也同样能发挥作用。

至少不至于流落街头。

我虽然会因此失业，但这些都不重要。作为警卫，没能保护好今日子小姐，我难辞其咎。

在得出结论前，我也想听听隐馆的反对意见，但作为反对派，不对，忘却侦探派的隐馆正身陷冤罪事件，说不定已经被关押了一夜。就算我想再找他商谈，怕是也打不通电话，他的手机应该已经被警察没收了吧。

只能自己做决定了，凭着自己的责任心。

## 3

虽然我最终还是决定求助警察，但也不可能立刻拨打110，毕竟报警也有困难与烦恼，而且必须要直面以下的问题。

我先前也大致地思考过，这事不能随便报警，必须要选一个熟悉忘却侦探的刑警负责才行——也就是说，找曾经向今日子小姐委托过案件的警官帮忙较为妥当。这样交涉起来更快，也省去了介绍忘却侦探的麻烦。

距离今日子小姐失踪还没到二十四小时，我也没对威胁电话进行录音。万一我辛辛苦苦去报警，结果被当成民生纠纷处理，那可就伤脑筋了。

忘却侦探也曾私下接到过警察的委托，但我留守期间接触过的刑警十分有限，而且也没有记录这些人的详细情报（作为置手纸侦探事务所的员工，即便是不会直接接触案件的警卫，也不允许记录信息，顶多只能制作警戒名单），基本没有选择的余地，但我还是想尽可能地帮到今日子小姐。

肘折警部……远浅警部……钝磨警部……佐和泽警部……鬼庭警部……山野边警部……波止场警部……御帘野警部……二二村警部……百道滨警部……游佐下警部……我看看，其他还能称得上常客的有……

我本打算从中找一个最有能力的刑警求助，但仔细想想，刑警属于组织，一般都是团队行动，似乎与个人能力关系不大。或许我应该找擅长应对绑架案件的搜查组的刑警帮忙，但刑警客户的情况又各不相同。有出于职务需要，被迫或遵从上司命令向今日子小姐提出委托的；也有对守财奴忘却侦探心怀厌恶，但为了解决案件，勉强合作的。

没办法，这类人恐怕靠不住。不一定要像隐馆那样殷勤，但至少要找个支持侦探的人帮忙。

不对，等等！

说不定警署内部存在像隐馆那样，或者比隐馆更拥护侦探的人呢？

因为警察每次都是以非公开的方式暗中向忘却侦探提出委托。如果这时候要求对方“还清上次欠的人情”，未免太过荒唐，因为在守财奴接过报酬的那一刻，双方就已经两清。

彼此互不相欠。

而且作为以“忘却”为保护牌的侦探事务所，向外界寻求帮助本身就不合规矩。今日子小姐的优势就是办案干净利落，不留丝毫纠葛。

曾经的伙伴赶来帮助身陷危机的主人公——我也希望能出现这种少年漫画一样的情节，但现实并未如愿。

但是，如果抹去“有合作关系”这项条件，警署内也不乏今日子小姐的粉丝。据说警察厅有高层官员私下成立了粉丝俱乐部，也不知道真假……今日子小姐某次在报告会上也提到过这件事。

如果能联系到这类警官，对方肯定会积极地帮忙解决难题。而且毕竟是粉丝，或许能将对忘却侦探名声的损害降到最小。

这主意不错，就这么办。

所幸，这方面我还有点线索。不，确切地说，我只有一个选项。

# 第三章 黄色的问题集

## 1

向置手纸侦探事务所打完威胁电话回来的路上，我才后知后觉地发现，自己上了忘却侦探的当。

把游戏“奖品”从“食物”换成“衣服”，这似乎很符合时尚的今日子小姐的风格，而我也表示理解，并欣然接受。结果，今日子小姐在被监禁的情况下，反倒确保了“食物”的问题。

确切地说，是避免了将维持生命的“食物”作为赌注——不管游戏结果如何，我都不可能真的让今日子小姐饿死，最后还是得乖乖准备食物。

因为自己准备的衣服被侦探委婉地嫌弃，我有些气愤。为了小小地惩罚她一下，我在她膝盖上放了三份“问题集”，如果她没办法解开，我就给她平时绝对不会穿的运动风服装，我真是仁慈。

说来丢人，我根本没办法成为恶性罪犯。

但这样也好。

说不定这样的结果会更好呢——为了继续监禁今日子小姐，必须要得到她本人的配合。

我总不能一直把她绑在椅子上。人总是要吃饭、换衣服、睡觉，这些都是不可避免的日常活动。

要是放任不管，她会死掉的。如果精神上逼得太紧，她说不定会咬舌自尽。别看她一副若无其事的样子，其实内心特别高傲。相比忍受屈辱和耻辱，她很有可能会选择死。还是说，不管遭受怎样的屈辱，她都会以“反正睡一觉就会忘记”为由，不以为然地接受呢？

不管怎样，要想达成目的，我就必须要让今日子小姐安然无恙地活着——如果可以的话，我希望她能患上斯德哥尔摩综合征*。

要是今日子小姐能对我这个绑架犯抱有亲近感与好感，认为我是个单纯、仁慈、本质并不坏的人，那就最好不过了。

我希望她能喜欢上我。

所以，等时间差不多，我得给她松绑。如果一直被困在安乐椅上，她也没办法生活。不如卖个人情，给她解开绳子。反正她也不可能逃出那间屋子——“密室”。

那间密室没有设置任何诡计，只是一个单纯的密闭空间，不管怎样叫喊，外面都听不到任何声音——毕竟是用来关押今日子小姐

* 斯德哥尔摩综合征指被害人对罪犯产生情感，甚至反过来帮助罪犯的一种情结。——译者注

的，自然做了相应的防范措施。

这方面的投资金额甚至远超那辆旧车，不过现在看来，也值了。

赎金的事情，就靠亲切守了。

置手纸侦探事务所的唯一员工，那个住在掟上公馆的警卫竟然能在如此短的时间内筹集两亿日元，这让我很是意外。

除此之外，他议价的事情也超出了我的预想，甚至让人觉得怪异。虽然我们从未见过面，但据我调查，他是个诚实、不懂变通的人（听说他因此被上家公司强行解雇），怎么也不像是那种会主动议价的人。

那人虽看似很好对付，但我还是得小心戒备。

别看我表面强硬地拒绝了他的议价请求，实际上内心差点妥协。那两亿日元应该不是他的私人积蓄，多半是今日子小姐存放在公馆内的财产。大致能从中窥出忘却侦探的工作方式。

虽说完全超出预期，但也算是意外的收获。暂时放任不管应该问题不大，不过为了掌握动态，还是得密切联系掟上公馆。

我也不确定亲切守究竟会如何应对……如果他能老实地筹集赎金，那是最好不过。但也或许，他已经通过简短的通话，掌握到了我这边的相关线索。

现在看来，用公共电话联系并不是一个明智的选择。毕竟如今这个社会，公共电话十分难找，就算找到，也全在监控范围内。

因为过度沉浸于绑架犯的角色中，我下意识地受了电视剧桥段的影响。明明用手机打匿名电话效率更高。为避免对方根据信号位置定位出我的所在地，确实有必要走远点……但应该还有更好的办法吧。很多事情只有试了才知道。

相信这么做总是有价值的。

我变得有些神经质，为以防万一，我绕了许久才回到我自制的“密闭空间”。

距离出门大约过去两个小时，交给今日子小姐的那三份“问题集”应该都解完了吧。

我在意的点可能有些奇怪，相比游戏的胜负，我更期待委婉否定我品位的今日子小姐，究竟会想要怎样的服装作为“奖品”。但事情并没有沿着我计划的方向发展。

“呼呼……”

今日子小姐躺在摇晃着的安乐椅上睡着了……膝盖上的“问题集”上隐约有浏览过的痕迹，不管她的答案是什么，如今已沦为搭在膝盖上的毛毯般的存在。因为她一旦睡着，“今天一天”的记忆都会消失。

看来，把她绑在安乐椅上是个错误的决定。可再怎么舒服，能在这种环境下睡着，神经也未免太大条了吧……哎，完全高兴不起来，这可是令人头疼的失误。

斯德哥尔摩综合征作战计划又要从头开始了。我就应该早点把她从安乐椅上解开……

好吧，大不了再来一次。不管失败还是犯罪，我都要坚持下去，直到达成目的为止。

## 2

“那个……亲切先生，我完全搞不懂，如果是为了这件事，你为什么会选择联系我呢……不是我说，我可是日本所有警察中，最顽固的反今日子小姐派。”

听到日怠井警部笃定的回应，我一时间接不上话来。这些我当然早就知晓。再怎么走投无路、孤立无援，也不能指望他站在今日子小姐这边。

日怠井警部等同于今日子小姐的天敌——顽固的天敌。因为那次的案件不在保密义务范围内，我这个“局外人”有幸得以知晓。在某次案件中，今日子小姐与这位警部变成了敌对关系。

也不能说是敌对，就是今日子小姐被日怠井警部的下属逮捕，在警署的地下拘留室被关了一夜。

虽然当时这么做也无可厚非，但今日子小姐基本处于被监禁的状态。

真是位频繁遭受监禁的名侦探。

不过，我并非怀疑曾逮捕过侦探的日怠井警部是“嫌疑人”，只是希望他能根据今日子小姐的现状，给出一点相应的参考意见。原本我就没指望过他能出手相助。

今日子小姐在拘留室悠闲地生活期间，给予过她关照的警官应该就在那个警署里。虽然我不清楚是谁，但可以肯定，当中确实有曾不惜违反职务规定的“今日子小姐粉丝”。

我唯一确定的就是，那位警官绝对不是今日子小姐的天敌——日怠井警部。本打算让他帮忙传个话，谁知他的态度如此强硬。

不愧是人称冤罪制造机的警部，即便隔着电话，也能听出我话语间的可疑，继而开始盘问起来。

或许是我太想找个人倾诉，我放弃最初的打算，把置手纸侦探事务所的大致情况告诉了日怠井警部。算了，反正也没泄露客户的案件情报，不算违反保密义务。只是没想到，我最后还是向警察，而且偏偏是今日子小姐的天敌求助。

真是出师不利。

我起初怎么会想着向他寻求建议？

今日子小姐与冤罪体质隐馆竟然能扛过他的审问，不得不佩服他们的过人胆识。

过去的事情无法改变，反正都是一些小伎俩。

“从某种意义上来说，我也算是今日子小姐的客户吧，当时，我被迫向她提出委托。”

还有过这样的事情啊，那我更是求错人了……但即便是天敌，也不可能无视我的报警，剩下的事情就交给警方，我就老实退场好了。

但是——

“不，这件事跟我说可以，但最好不要报告给警署。”

日怠井警部补充道——他说什么？

“亲切先生，你想想，十亿日元赎金的要求完全不合常理，听起来就像是一场恶作剧，这压根不是个人能承担的金额。”

对于遭受威胁的当事人而言，第三者的见解十分重要，所以我才通过电话请教隐馆。而这次日怠井警部给出的建议，再次与我的期待相背离。

我怎么接连找错商谈对象。

起初我期待隐馆能对我说“你快点去报警！不然我替你去”，结果却未能如愿。这次好不容易下定决心报警，本想着对方会说“明白了！剩下的交给我们吧”，谁知结果完全相反。

但是，不得不承认，日怠井警部的建议十分在理，我也觉得十亿日元的金额实在太破天荒了。

今日子小姐是个守财奴，我也不清楚她有多少积蓄，加上我已经找到了她两亿日元的隐藏资产，无形之中，我忽略了这个问题。如今看来，不管怎么解释，都不太现实。

日怠井警部的言外之意就是，这超出了个人的能力范围。

相比威胁电话，这更像是恶作剧电话。如果日怠井警部把案子转到专门部门，不知道能不能得到重视。如果是小学生晚上没回家，警方肯定会严肃对待，但今日子小姐是个二十五岁的大人。

虽然忘却侦探的确切年龄一直是个谜，但至少可以确定她已经成年。成年女性一晚上没回家，不知道警方会不会立案?

而且这些都是我的一面之词，并没有确凿的证据。我再次为当初没有向绑架犯要求确认今日子小姐的声音而感到懊悔。

“请不要误会，我并没有怀疑你说的话，也不认为这是恶作剧电话，更没想过是今日子小姐的恶作剧。”

今日子小姐的恶作剧这种可能性，我还真没想过。日怠井警部嘴上说“不认为”，其实心里早就思考过这种可能性了吧。看来冤罪制造机与忘却侦探曾经的过节颇深。

“个人认为，这可能就是绑架犯的目的所在。”

什么意思?

“你毕竟是忘却侦探身边唯一的亲友，而绑架犯的目的在于限制你的行动，让你孤立无援。不管是筹钱，还是向警方求助，都需要耗费大量时间，不是吗？”

时间……被称为今日子小姐唯一的亲友，还真有点难为情。不过，如果是雇用关系的层面，那我确实是那位与世人不存在任何联系的今日子小姐唯一的员工。

毕竟今日子小姐没有任何家人亲戚，筹集赎金的任务自然落到了我这个与她关系最密切的人身上。对绑架犯而言，最碍事的恐怕就是我了吧。

也就是说，如果没有我这个警卫，即便今日子小姐突然失踪，只要没有亲人前去报警，警方就不会出动搜查队……虽然也可能有常客（比如隐馆）碰巧前来委托案件，发现今日子小姐不在，从中察觉到异样。但侦探原本就是一个充满不定性的职业。顾客或许会认为，她只是一时兴起去欧洲旅游了……所以，反过来说，绑架犯只要限制我的行动，就能大大降低绑架的风险。

至于为何。

“因为今日子小姐是忘却侦探，即便见过绑架犯的脸，哪怕遭受过绑架，只要睡上一觉，就会忘得一干二净。”

日怠井警部愤愤地说道，看来他还没忘记侦探的忘却体质给他带来的惨痛经历。嗯，所以才会向我求助吗——真是对不住。撇去日怠井警部的态度不说，他的建议还是十分中肯的。

“作为绑架对象，忘却侦探的风险较低。绑架作为犯罪搜查专家的名侦探，这种行为虽看似鲁莽，可一旦得手……”

就能得到十亿日元吗?

不对……日怠井警部的意思是，绑架犯索要十亿日元赎金的目的在于限制我的行动，让我打消报警的念头。

“也许绑架犯根本没料到你能在如此短的时间内找到隐藏的两亿日元资产。”

怎么说呢……现在想来，接到第二通威胁电话的时候，绑架犯的语气确实有些吃惊。虽然毫不犹豫地拒绝了议价的请求，但也可能是惊愕状态下做出的下意识反应。

拒绝反应。

绑架犯可能担心凭我的才能，集齐十亿日元不在话下，为避免我过早地集齐赎金，别说降价了，很有可能会涨价。

我哪有什么才能，真是高看我了……最初隐馆猜测，绑架犯提出天价赎金的目的在于达成原本的目标金额。而我怀疑对方可能是以为难被害人为乐的愉悦犯。

日怠井警部则认为，绑架犯并不是想通过绑架赚钱，只是为了拖延时间。显然他的观点更贴合实际。

啊，对了。

就算绑架犯有必须要得到十亿日元的理由，那也不应该放弃那两亿日元吧。可听他的语气，似乎除了十亿日元，其他都不感兴趣。

如果绑架犯真想要十亿日元，或者只是为了单纯地刁难我，哪怕只有两亿日元，也会想办法先拿到手再说吧？

我与隐馆总会下意识地抬高忘却侦探的价值，容易带主观色彩看待问题。但日怠井警部却能客观地给出否定的意见，在他看来，十亿日元的赎金要求太过荒唐，当中存在许多无法忽视的疑点。听完他的分析，我顿时感到无地自容，也无从反驳。其实我们当初也察觉到了异样，但后来没有深究。如此说来，那这意味着什么？

如果十亿日元是误导信息，而对方也不是愉悦犯……那绑架犯或许另有目的。

说实话，这是我极不愿意面对的可能性，所以我才会下意识地忽视。虽然十亿日元的要求有些破天荒，但如果绑架犯只是单纯地为了利益，那还有希望和解。虽然这样弄得有点像贩卖人口，有悖世间伦理，但钱本来就是用来交易的——如果是钱可以解决的问题，那只管筹钱便是。

至少我没办法摆出“不能屈服于罪犯，绝对不会给钱”的强硬态度。但如果绑架犯不是为了钱，那事情就复杂了。

如此一来，绑架犯的目的只能是今日子小姐本人——以获得金钱为目的的绑架成功率极低，因为交付赎金时的风险太高。但如果绑架犯并不想要赎金，那就可以完全避免这方面的风险。

在绑到侦探的那一刻，绑架犯的目的就已经达成，这时候，今日子小姐连人质都算不上。

莫非是为了复仇?

任何事件都能在一天内解决的最快忘却侦探——今日子小姐年纪虽轻，但解决过的案件数量却多到惊人。数量越多，引发异常事态的概率就越高，自然也有可能出现憎恨忘却侦探的绑架犯。

当然，对于今日子小姐来说，案件一旦解决，不管是绑架犯还是案件，她都会忘得一干二净。但即便她忘了，绑架犯可不会忘。作为经营者，今日子小姐时常到处派发名片，对于心怀怨恨的人来说，是十分容易复仇的对象。

毫无疑问，正是考虑到这些因素，今日子小姐才会选择住在这栋固若金汤的公馆内，还雇用我作为警卫……就像不管如何堤防，都无法完全防止暗杀一样，诱拐亦是如此。

确切地说，是绑架吧?

根据词典中的定义，不动用暴力的掳人行为被称为诱拐，通过暴力手段掳人的行为被称为绑架。本以为至少在交付赎金前，今日子小姐的人身安全能得到保障，如今连这点希望也烟消云散。

别说人身安全了，她随时可能有生命危险。

对方也有可能不是为了复仇，而是出于其他动机，或是反向动机。对了，把隐馆想象成绑架犯就容易理解了。

热情的粉丝因为行为过激，导致犯罪。出于仰慕的绑架行为，通过这段时间与侦探的接触，我勉强能理解罪犯的心理。即便没有侦探身份的加持，今日子小姐也是个时尚而引人注目的人。我应该从一开始就想到绑架犯为了将她占为己有而实施绑架的可能性。

所幸（或者说不幸中的万幸）隐馆正被关在警署内，有绝对的不在场证明，这件事不至于冤枉到他头上……

“不知道这么说能不能安慰到你，绑架犯应该有更确切的目的吧？如果他是出于执拗的仇恨心，或是扭曲的爱慕之心，那完全没必要索要赎金吧？”

日怠井警部慎重地组织着语言。分析案件的同时还不忘顾及我的感受，让人有点摸不清他的立场。真是个笨拙的家伙。

“也就是说，如果索要十亿日元赎金只是为了拖延时间，那绑架犯很可能最后会放了今日子小姐。先别报警，为防止事态恶化，暗中做好应对犯罪的准备。”

怎么说呢，相比安慰，日怠井警部的话更多的是给了我希望……既然反今日子小姐派的日怠井警部都这么说了，那还是有一定可信度的。

被重置的只有今日子小姐的记忆而已。她失踪的时间越久，报警的危险性就越高，一两天还好说，如果超过一两个星期，警方必须得有所行动。

如此一来，绑架犯能否逃脱还是个问题，即便没有马上被捕，也会落得一辈子四处逃命的下场。

如果绑架犯觉得无所谓，内心早已做好准备，也就没必要多此一举地拖延时间。

若是想到往后的逃亡生活，他必然没有勇气打威胁电话，更不想与被害人的亲友（我）有任何交集——而他却接连打了两通威胁电话。

可以稍微安心了。

接下来还需要继续探讨绑架犯为了复仇，或出于仰慕绑架侦探的可能性，但如若绑架犯还存在其他动机，那会是怎样的动机呢？

“当然，绑架犯仇视的对象也有可能是亲切先生。”日怠井警部补充道。

也有这个可能——可绑架犯究竟要多恨我，才会做出绑架我上司的事情来。

“我觉得绑架犯盯上的不是今日子小姐，而是今日子小姐的侦探能力。其实这个案子的重点不在于‘忘却’，而在于‘侦探’。”

就算采取绑架手段，受害人也会很快忘记，不至于将事情闹大。所以，一般人都会认为，今日子小姐被盯上的主要原因在于她的“忘却”特性，而容易忽略绑架作为犯罪搜查专家的名侦探的风险性——那个性格乖僻的日怠井警部给出了完全不一样的见解。

并非“明明”是侦探却被绑架。

而是“正因为”是侦探才被绑架。

虽不至于说完全颠覆，但与我此前的推论有着天壤之别——尽管我并没有完全理解这番话的含义，但至少有种接近正解的感觉。

那是一种十分模糊的感觉，我相信这世上一定还有人认为，最快侦探的头脑价值远不止十亿日元。

莫非绑架犯并非为了复仇或出于好意，而是为了“利用”名侦探？而且是无法以正规委托的方式得到今日子小姐协助的“利用”……

我有预感——快接近真相了。

如果绑架今日子小姐，抹除犯罪行为是绑架犯的最终目的，那他应该不会动用暴力……如果绑架犯事先调查得够仔细，那应该知道，那个名侦探完全就是个看心情办事的人，如果周围人不顺着她，她压根儿就不会好好工作。

那人是个守财奴，对金钱怀有绝对的忠诚，所以她绝对不会成为罪犯的奴隶。至少不会是个听话的奴隶。

虽然绑架犯不至于悉心招待侦探，但至少不会拿刀架在她脖子上，逼她发挥才能……虽然这一点还要看绑架犯的良心和理智，但如果他的目标是今日子小姐的才能，而并非她的外貌和财产，那应该不会贸然加害于她。

“亲切先生，我虽然是反今日子小姐派，但我曾欠你一个人情，不像‘忘恩侦探’，我是不会忘记的。作为回报，我可以告诉你，就算我报告给专门部门，警方也可能不会展开搜查，而且你的行动也会受限。而绑架犯的目的不正是限制你的行动吗？”

非常有道理……可日怠井警部毕竟已经知晓此事，报告书肯定要写吧？

“反正我就是一个不良警官，就报告说不在管辖范围内吧。”

这样就行吗……总之，我应该心怀感激。难得他能放下与今日子小姐的过节——或许正因为曾经的过节——私下为我提供这么多建议，我必须得灵活应用。至少眼下我不能坐以待毙，必须要做点自己力所能及的事情。尽管事件的发展让人有些出乎意料，但我也因此获得了不同视角的观点。

但是，最关键的点还没有弄明白。

曾经有怪盗试图利用今日子小姐前往著名的埃菲尔铁塔行窃，那这次的绑架犯又想利用名侦探做什么呢？

绑架犯的目标即便不值十亿日元，至少也在两亿日元以上。丝毫不畏惧我的存在，甚至试图引诱我以恶作剧电话的名义报警，绑架犯无尽的企图背后，究竟隐藏着怎样的阴谋？

# 3

看来她是真的睡着了。照这样子，不到明早是不会醒来了。哎，计划又落空了。

莫非今日子小姐并不是因为安乐椅太舒服不小心睡着，而是看穿了我的用意，故意让记忆重置的？

不是我自吹，我为人还算谦虚。虽然称不上是演技派罪犯，但至少没有过太明显的失言。或许即便如此，也还是躲不过忘却侦探的观察力。

早知道就算不蒙眼，也该拿掉她的眼镜。

回过头想想，今日子小姐很可能从我的举动（而非言语）看出我的目标不是赎金——她感慨十亿日元的定价太低就是最好的论证。或许她就是从这段对话中窥探出了我的真实目的。

单从她安睡的模样来看，完全无法与这些联系在一起。但根据我的调查，她是个非常高明的策略家。

真正引起她怀疑的是我装作打发时间，提议以餐食为赌注，玩猜谜游戏的时候。提出这个建议的时候，我的态度有些急躁，她可能从中察觉到了异样。但她是忘却侦探，应该不太可能发现真相。

她会要求把赌注从食物换成衣服，就表示已经起了疑心。其实真正奇怪的是她看完我放在她膝盖上的三份“问题集”后的反应。

忘却侦探装作不小心睡着，试图让记忆重置的行为，可以理解为她已经阅读并解开了“谜题”吗？她会选择将记忆清空，是因为她用擅长的网罗推理没有找出任何证据吗？

若是如此，那今后恐怕不能再用玩游戏这种伎俩了……我边想着，边拿起今日子小姐膝盖上的“问题集”，仔细翻看起来。

三张“问题集”标题分别如下：

更级研究所机密数据盗窃事件

艺术庄事件

无业男性（37岁）连环杀人事件

她敏锐地察觉到了吗？

这些谜题都是从忘却侦探事件簿中选取的——她曾经解决并彻底忘却的事件。

如果今日子小姐在食物或衣服的引诱下加入游戏，以玩乐的心态解开了这些谜题，那就违反了侦探事务所素来坚守的“绝对严守保密义务”原则。莫非是出于动物本能或名侦探的直觉，才避开了这种意外事态的发生？

若是如此——已经不记得是多少次感慨了——今日子小姐确实智慧过人。

虽然没能得到预期的结果，但也算满意。我想知道的并非这三个案件的真相。

那只是测试。

看今日子小姐遇到曾经接手、搜查、解决过的案件，在彻底忘记的状态下，能否得出相同的答案——再现性测试。

我还没大胆到突然就直奔主题。说个秘密，在绑架今日子小姐前，我先对普通女性做过多次练习。当然，没有到犯罪的程度。我注定当不了恶行罪犯。

虽然这种毫无游戏乐趣的再现性测试并未成功，但今日子小姐会敏锐地察觉到，并选择将记忆重置，那表示在我外出期间，她已经成功解开了“问题集”里的谜题——且不论是否属实，至少测试本身起到了效果。

所以忘却侦探才不得不清空自己的记忆，装作舒服地睡着，连同我的存在一起，将记忆全部抹除。

既然侦探假装在游戏中不小心重置记忆，那接下来就不能再以游戏为借口，用阅读推理小说的方式，重现曾经的谜题。虽是如此，但至少方向没错。

我选择的道路是正确的。

说实话，两亿日元、十亿日元什么的，我根本看不上。知道我为这件事，事先投资了多少钱吗？

我想要的不是钱，而是情报。引出掟上今日子的情报。

情报才是我的最终猎物。

事前的周密调查也是为绑架侦探做铺垫。

忘却侦探至今解决并忘记的各类犯罪案件相关的庞大机密情报——如果能复原并独占这些被重置的记忆，那带来的收益将会是天文数字。

# 第四章 淡蓝色的搜索

# 1

世人常说，时间对所有人都是公平的——不管是对忘却侦探、绑架犯还是忘却侦探的警卫来说，一天的时间都是相同的。没有谁的一天会变成三十小时或者二十小时。

但是，时间又是相对的——忘却侦探的一天、绑架犯的一天与警卫的一天，绝对不是一个概念。

眼下我必须要借鉴忘却侦探的生活方式。也就是说，把一天当成一生去对待和思考。相对于可恨的绑架犯来说，这是我唯一的优势所在。

虽然不敢百分之百确定，但绑架犯为拖延时间而索要十亿日元赎金的猜测，十分有可信度。也就是说，现在绑架犯非常需要时间——但我并不清楚他为何要拖延时间。或许存在多个理由，但凭我的头脑还没法推测出详情。

但是，现在重要的是，要让绑架犯以为我正在极力筹集赎金，或者向警方求助未果，现在正束手无策。

即便绑架犯事先知晓日怠井警部这个特立独行的不良警官，也不可能摸清他的内心——对今日子小姐无法掩饰的敌忾心。

也就是说，关键在于如何利用中间这段时间。

在绑架犯为催收赎金——顺便打探情况——再次打来威胁电话前的这段时间……在绑架犯以为我手足无措的这段时间里，想办法做点什么。

有效利用一个晚上的时间，一分钟也不能浪费。

没必要再去找钱，两亿日元已经足够。虽然掟上公馆内可能还藏有其他财产，但相比钱，还有更重要的东西需要寻找——我也不清楚是什么，但一定存在。

像是线索之类的东西。

虽然我既非侦探，也非搜查官，但有些事情只有我知晓。作为今日子小姐的唯一员工，有些东西只有我最清楚。

起初接到威胁电话的时候，我的反应十分狼狈，经过十二小时后，我总算冷静了下来——“绑架忘却侦探”。

这有可能吗？

因为记忆每天都会重置，别看今日子小姐总是一副笑眯眯的样子，其实戒备心极强。她具备野猫（甚至远超流浪猫）般的警觉性。即便露出一副平易近人的笑容，一旦双方距离缩短到一定程度，她会立马躲开。

隐馆等人就因为这一点吃过不少苦头，被侦探耍得团团转。那绑架犯究竟是如何绑架到今日子小姐的？

肯定事先进行过细致的调查吧。

将今日子小姐的行为模式数据化，用统计学的方式进行分析，找最合适的时机下手——那为什么偏偏选今天（确切地说是昨天）呢？

因为那天她不上班吧？

工作中的今日子小姐身边很可能有警察或者客户，也有可能有其他案件的嫌疑人。虽然不清楚罪犯之间是否真的存在抢地盘这种事情，但不管怎么分析，在工作日对侦探下手着实不是明智的选择。

但这并不意味着，非工作日就更好下手，即便是休息日，今日子小姐也丝毫不会放松警惕。毕竟她的记忆每天都会重置，是否是休息日，对她来说没有差别。

反过来说，休息日反倒更能把精力集中在防御上。

所以，她绝不可能轻易被带有恶意的罪犯靠近并骗走，绑架犯应该清楚这点。

可今天到底有什么特别之处呢？

着装吗？可今日子小姐同件衣服从来不会穿两次，即便是睡衣，每天也要变换不同款式。

虽然这是今日子小姐除“忘却”外的另一大特征，但如果同件衣服不会穿两次，也就没办法数据化，只会毫无意义地增加数据容量，没有任何规律性可言。甚至连“穿裙子代表心情好”“穿高跟鞋表示更容易靠近”这种占卜似的基准都无法适用。因为她的风格实在太多变了。

根本看不出任何规律。

所以，罪犯的判断基准不在于穿着，而在于其他方面。虽然从来没有人见过今日子小姐同件衣服穿两次，但其他行为却存在一定的刻板性。

比如，我之前就职的那家美术馆，她经常会去那里，反复欣赏同一幅画作。

至于是否是因这件事演变成绑架事件，已经无从知晓（今日子小姐已经忘了），但如果绑架犯得知她有频繁造访美术馆的习惯，那就可以在美术馆旁边蹲守吧？即便绑架对象不是忘却侦探，绑架犯也会这么做的——如果事先知晓她会频繁前往美术馆欣赏同一幅画作的话。

但是，那幅画已经不在了。

但除此之外，今日子小姐还存在其他刻板行为。某种意义上来说，除了穿着外，其他所有行为都是有章可循的……不仅是忘却侦探，普通人亦是如此，只是今日子小姐更特别一些，忘却侦探还有一个旁人很容易观察到的行为特征。

她喜欢反复读同一本书。

## 2

虽然今日子小姐反复警告过我不要进入她的卧室，但如果情况紧急，我只能硬着头皮闯进去。严格来说，这是一种近似于侵犯隐私的行为。

我决定去调查今日子小姐的书房。

今早，确切地说是昨天早上，今日子小姐外出的时候，手里确实带了本文库本。当时我注意到她没有把书放在包里，而是边看边走出去的，所以印象深刻。顺便说下，我当时好心地提醒了一句，结果今日子小姐却不耐烦地反驳道：“吵死了，你是我父亲吗？”

她早上起来后心情经常很差，倒不是因为低血压，只是因为醒来后，与我这个员工又相当于“初次见面”，内心会不自觉地提高警惕。

每当听到这个提问，我都会回答“我不是你父亲，我是亲切”*，这已经成了惯例……当然，这些只是她与我这个唯一的员工私下发生的事情，与案件没有多大关联。

我想知道的是今早她手中的书到底是什么书名。这些我真没留

---

* 此处原文中日语为“親ではなく親切です”。——译者注

意，毕竟今日子小姐读什么书，并不是我这个警卫需要重点关心的。但是，如果绑架犯是利用阅读爱好绑架今日子小姐的话，那就不容忽视了。

"啊，我也喜欢那本书，能聊一聊吗？我家有这本小说的初版实体书哦"，或是"其实我是这本书的作者"——类似这种套路？虽然放到现实给人感觉有些不靠谱，但至少不会太老套，说不定就是这个方向没错。

就成功率来说，称赞她的穿着品位会更具可行性吧。可绑架犯又不能事先预测出忘却侦探的搭配，这条路显然行不通（除非绑架犯本身精通时尚搭配。若是如此，那一流时尚设计师的嫌疑最大）。

但不同于今日子小姐的忠实粉丝（隐馆），我并不清楚她有哪些藏书，我平日从来不敢靠近书房。因为今日子小姐不喜欢别人动她的书。

虽然没有明确地禁止我出入，但我可以感觉得到，她很反感别人打乱书本的排序。

她近乎神经质地根据领域、规格、作者五十音图顺序、出版时间顺序对书本进行归类——俨然一家书店或图书馆。从中也不难窥出她平日的行事风格。

不，应该说这里像一间资料室。

不过话说回来，忘却侦探从来不留资料。因为事务所有绝对严守保密义务的规定，加上今日子小姐认为旧资料对侦探工作并没有帮助。

所以，书房里都是一些今日子小姐喜欢的书籍，大多是侦探喜爱的推理小说。还有烹饪指南、词典、自我启发书以及“小说写作指南”之类的书。她打算写小说吗？

即便今日子小姐没有明令禁止我进入书房，但我也没有插手书房管理事宜的余地（从书房的状态不难推测出衣橱内的光景）。虽然书架轮不到我整理，但至少我还有思考的资格。

书架上存在空隙。

也就是说，虽然我没有侦探那样的观察力，没能注意到今日子小姐手中文库本的书名，但只要根据书本的排序，找到空缺的位置，就有可能推测出该本书的书名——我是这么想的。

填补空隙。

比如，如果柯南·道尔的书架上有一处空隙，位于《绯红色的研究》与《最后的致意》之间。那就可以推测出，今日子小姐拿走的是《福尔摩斯探案集》。但这种排除法只能在卷数齐全的前提下使用。

所幸，我还有些线索。

无须查找完所有书架，我也能隐约猜出答案——如果仅限于书本。

应该是须永昼兵卫的著作吧。

虽然忘却侦探不管把一本书读多少遍，都可以保持“初次阅读”的状态。但有一位作家的书，即便今日子小姐不是忘却侦探，也很可能会“反复阅读”。那就是日本引以为豪的推理作家须永昼兵卫……如果绑架犯为了实施绑架，事先对今日子小姐进行过长时间的观察，就会注意到这一点。

如果说有哪本书能让绑架犯产生“她总是反复读那本书呢”“或许可以利用这个干点什么”的想法，那十有八九是须永昼兵卫的著作——听起来有些牵强？但如果不大胆假设的话，就没办法推理。

所以，我决定先从须永昼兵卫的区域开始调查。意外的是，我很快便找到了空隙，速度快到让人有些难以置信。但仔细想想，这也在情理之中，若不是如此明显的特征，绑架犯也不会将此作为犯罪计划的轴心。

我按照计划，确认起空隙两边的书名。

《未呈报的犯罪》——空隙——《黄绿少年》。

作者区域并非按照作品系列，而是纯粹地按照出版时间进行排列，所以只要调查清楚出版时间介于这两本书之间的作品即可。可要如何调查缺失的书名呢？所幸现代社会有一种名为“网络”的高端科技。

我走出书房，利用事务所的笔记本电脑调查起来。虽然今日子小姐生活在旧时代，但事务所内的网络设备十分齐全——想来也不奇怪，如果没有最低限度的“现代常识”，根本没办法开展工作。即便她起初一窍不通，但只要花上一天时间，IT技术一定会变得比我还熟练。

毕竟她还配备了智能手机，只是不会随身携带而已。

倒是我，连一部智能手机也没有，真是讽刺——为防止泄露机密情报，只能使用不带摄像头的功能手机。

经过一番检索后，我很快找到了目标书名。是《消极的我》，好像是《退职警部》系列的第三弹。

第三弹……

完全想不出这部作品与案件的关联性……听名字好像是冷硬派作品，与我读过的须永昼兵卫的作品完全不同。冷硬派吗？完全不擅长这领域呢。

我叹了口气，只能读一读了。

## 3

仔细想想，光靠一处空隙，并不足以得出这种结论。除非把整个书房从头到尾找一遍，看是否还存在其他空缺，否则根本无法断定侦探带出去的书就是《消极的我》……说不定，那本书只是恰好被今日子小姐带去卧室当枕边故事了，根本无法用排除法进行推断。

但是，每个人的时间都在同等地流逝。或许这小小的缝隙内曾放着一本稍薄的书本，也只有最快侦探才能顾及这种微弱的可能性。

读着《消极的我》（书名真是意味深长），我更确信自己选择的道路是正确的——虽然时常不准，但眼下也只能依靠直觉了。

就像侦探与刑警偶尔会凭直觉办案，警卫的直觉也一定有它的价值……另外，说不定书中有侦探喜欢的内容，为了确定这点，我只能读一读那本“消失的书”，而现今的高科技恰好为我解决了这一难题。

那就是电子书。

大半夜书店早已关门，即便有店铺营业，也不清楚是否还有库存。须永昼兵卫是一位资深作家，执笔的著作有百余册，像《消极的我》这种年代稍微久远的书，书店不一定有售，说不定已经绝版了。

这时候只能选择电子书。生前的须永昼兵卫是个十分保守的作家，他无法接受将作品电子化。但在他去世后，继承著作权的家属很快便答应了电子书的授权。现在他的作品正在陆续电子化，《退职警部》系列作品也在其中。

这一段容易让人联想到弗兰兹·卡夫卡*，他在生前曾委托亲友“等我死后，把我的作品全部销毁”，他的心情我多少能理解，但这里就不过多地深究，眼下重要的是，我已经在大半夜买到了电子版《消极的我》。

我是用今日子小姐留在公馆内的智能手机买的，里面没有任何个人情报，完全不用担心侵犯隐私。连指纹登录功能都没有开启，所以，买电子书对我来说并不难。

电子书店有时会推出积分之类的促销活动，但这次我没有货比三家，而是直接进入最先看到的那家店，把书买了下来。毕竟今晚的我可是坐拥两亿资产的大富豪。

就这样，我读完了这本书。因为从电子书无法推测出书本的厚度，起初我怀着“万一这是一部长达一千五百页的大作该怎么办”的忐忑心情读了起来（从书架的缝隙来看，应该不至于）。因为采用快速浏览的方式，我读完整本书大约花了三小时。

果然有所收获。刚读完一本小说，按理应该发表点感想，但很遗憾，因为我是从系列作品的中间开始阅读的，并没有领略到冷硬

---

* 弗兰兹·卡夫卡（1883年7月3日—1924年6月3日），20世纪奥匈帝国德语小说家，犹太人，现代派文学的奠基人之一。——译者注

派的乐趣。囫囵吞枣似的阅读有罪。

总之，关键点在于小汽车。

即使从系列的中途开始阅读，也不难发现，主人公退职警部的标志性物件就是他驾驶的那辆老爷车。说实话，相比案件与谜题，作者似乎更侧重于描写旧车的魅力。而小说也确实采用了小汽车的图片作为封面，莫非这是变相广告？

总之，相比冷硬派的魅力，我更多是被旧车的魅力所吸引。

现在不是说这些的时候……在搜寻书房的时候，我就隐约预感，说不定绑架犯是利用小说内容引诱今日子小姐上钩的。现在看来，诱饵应该就是这辆老爷车吧？

为了达成目的，绑架犯势必会准备绳子、手铐、眼罩之类的作案工具，但最不可或缺的还是小汽车。

当然也可以用直升机直接从上空把目标逮走，但现在时间紧迫，就不用去考虑这种可能性了吧（换作今日子小姐也会这么做的）。

小汽车称得上是最小单位的密室——囚禁被害人四处移动的密室。但问题是如何让被害人进入车内，如果绑架犯恶意利用这款旧车，那就很容易得手。

或许不等绑架犯搭讪，今日子小姐就会主动凑上前去。如果要设置这种陷阱，那就只能挑今日子小姐阅读《退职警部》系列作品的日子下手。

这下总算弄清了今日子小姐在今天（确切地说是昨天）被绑架的理由——绑架犯瞄准的是今日子小姐阅读《退职警部》系列作品的日子。不一定非得是《消极的我》，只要是这系列的作品即可。如果他的目标并非十亿日元，那就棘手了。

刚从一本书中学到一些词汇和知识，转眼就在现实遇到相似的东西，这种巧合让今日子小姐很是欣喜，甚至认为这就是命运的安排。

绑架犯抓住了侦探情绪中的破绽。

加上今日子小姐洞察力超群，必然会注意到那辆旧车——反向利用侦探的探索能力。

嗯，原来如此。

自入职以来，我时常为今日子小姐的侦探手段感到折服。这次站在绑架犯的角度思考问题，我又莫名地钦佩起绑架犯的思维能力。

我不禁感慨，要是能把这种才能运用到正当途径该多好，可能会有人说我多管闲事吧，在这里夸他们可能有些不合适，但有些绑架犯真的很精明。

但是——

不管是推理小说还是实际案件，其实都一样，反向利用搜查方思维的诡计一旦被识破，就很容易暴露绑架犯的身份。今日子小姐曾说过，没有任何计划、随心所欲的犯罪是最难搜查的。

绑架犯越特别，就越容易锁定。

说极端点，从“事前经过细致调查”这一点就能断定，绑架犯是近期在今日子小姐身边活动过的人——如果“绑架犯使用旧车作为作案工具”的推理是正确的话。

基本可以推断，绑架犯就是该款旧车的车主，旧车款式越珍稀，就越容易锁定。

## 4

已经是深夜了，日怠井警部答应过会帮忙，如果给他打个电话，或许能查清车主的信息。

说实话，我对这方面的东西不是很懂（我是一个从未上过路的司机。先前在保安公司工作的时候，本想着去当现金押运保镖，特意去考了驾照，谁知还没等派上用场，我就被解雇了），发行驾照的工作应该是由各都道府县的公安委员会负责吧。

在MY NUMBER制度*与大数据普及前，驾照是个人信息管理

* MY NUMBER制度是日本的一种身份管理制度，相当于中国的身份证。——译者注

的最主要手段。既然绑架犯会驾驶小汽车，那就表示他持有驾照。否则，还没等犯罪，就有可能因无证驾驶被捕。

此人头脑聪慧——轻视敌人可没有什么好下场，先暂时这么设定吧。他能想办法绑架到名侦探，说明头脑并不简单。

或许在这种人眼里，我就是一个头脑愚钝的存在……他可能认为，只要提出十亿日元的赎金要求，我就会老老实实地筹集赎金（实际确实如此）。

他应该从没想过，我会调查到他事先投资购置旧车的事情。所以，不太可能存在伪造驾照的情况。

毕竟，相比绑架诡计曝光，伪造驾照被发现的风险要高得多。

同理，车也不太可能是偷来的。绑架犯应该是通过正规途径，用正规的方式买来的。

但接下来的事情我不是很懂，不知道警察能不能根据车型找出车主，要是能就好了……说实话，我感觉希望渺茫。

这方面的情报管理意义不大，也只有汽车行业的人才会想要车型普及率的相关数据吧？警察只要知道车牌号就行了。所以，接下来我需要弄清楚绑架犯驾驶的旧车的车牌号。

通常绑架犯在实施绑架，包括其他犯罪时，都会小心地挡住或者篡改车牌号。但在绑架今日子小姐——名侦探的时候，这招恐怕没法用。因为这种小伎俩不可能逃过名侦探的眼睛。

不清楚绑架犯是否知晓这点，今日子小姐曾教过我一种“头脑体操”，就是对来往的汽车车牌号的数字进行四则运算，最后答案要等于“10”。侦探会从平日就密切关注车牌号，也是想为关键时刻做准备吧。

一般绑架可是要冒着极高的风险，但如果对象是忘却侦探，即便绑架犯露出车牌号，甚至暴露长相，也丝毫不用担心。

因为等他的目的（除赎金以外的某种目的）达成，把今日子小姐放了后，别说绑架的过程，就连绑架这件事本身，她都会忘得一干二净。从前面的手法来看，绑架犯似乎一心想着降低目的达成后的风险。

从没想过失败的可能性，这就是绑架犯的弱点。

说具体点，绑架犯全程专注于观察今日子小姐，却没想过周围的人也有可能在观察自己吗？确实，凭现在掌握的线索，还没办法锁定罪犯，很难在短时间内找出旧车车主的情报。

但那又如何。

如果绑架犯为了绑架今日子小姐，刻意在当天开了一辆老爷车，那其他人应该也会注意到那辆车吧？即便不是须永昼兵卫的读者，普通车迷也很容易被这种车型吸引，不知绑架犯是否做了这方面的对策。

多半没有，或者说，他根本就没想过。

也就是说，无须搜集罪犯的目击情报，只要收集旧车的目击情报即可；如果我是搜查队的负责人，我会立刻组织警员挨家挨户询问。但现实并没有搜查队帮忙。

这时候又要依靠网络了。既然是比艺人还稀有的车型，那网上分享目击情报的可能性极高——涉及隐私当然不行，但如果只是提及在街上看到一辆稀有的旧车，应该没有太大问题吧。如果可以的话，我想知道实时情况，要是有照片就最好了，说不定能拍到绑架犯的模样。

顺便说下，在开始调查之前，我就试着在网上搜索过“白发眼镜的时尚女性”，但没有任何相关结果。

有人在背后保护她。

可为什么不把她从绑架犯手中救出来呢……意思是这点小事让我自己看着办吗？

要是能这么轻易解决，也就不需要侦探和警察了，搜寻旧车的目击证言也是如此。

为什么我非得要做这种网络搜查官的工作呢？我差点又陷入自我怀疑的情绪。倒不是没找到情报，而是太多了。

原来那车也没那么稀有。每个年代都会推出多款外形相似的小汽车，当中一定有十分受欢迎的车型吧？也有许多人表示把其他车错认成了这款车。

真是伤脑筋，我需要的只是市内的相关情报，而网络却为我提供了世界各地的情报。若是像今日子小姐这种大脑运转速度较快，或是情报处理能力较高的警察机关倒还好说，以我的情报处理能力，光是对目击情报进行筛查，就够我忙到天亮。

我就如同一个溺水的冲浪者，整个人被情报的海水吞噬。

好想去睡一觉，等醒来再想计划的事情（有点自暴自弃的意思）。但想到今日子小姐此刻还被囚禁在某处，说不定正忍着睡意，极力想办法逃脱，我再次逼自己打起精神。

说实话，今日子小姐可是那种即便身处警署拘留所，也能表现得泰然自若的人。这次换成被绑架犯监禁，她应该不至于慌张到不敢合眼……想到忘却侦探正在舒服地睡大觉，而我却在痛苦地熬夜调查，我的内心受到一万点暴击。还是不想这些为好。

我决定转换思维。

虽说是模仿忘却侦探的风格，但我没必要完全复制她的做法。看过今日子小姐先前表现的人想必都清楚，列举所有可能性，再逐一筛查，这种考验速度的繁重工作，根本不是我能够胜任的。

所有人的时间都在平等地流逝，而时间却又是相对的。今日子小姐的记忆只有一天，对她来说，每天都是“人生的最后一天”。即便都是二十四小时，度过的方式也完全不同。在一次心理测试中，有一道题是“如果人类明天灭亡，你会想做什么”，今日子小姐的回答是“那我会绞尽脑汁拯救人类”。她就是这么一个充满英雄气概的人。

真正试过后才明白，我根本模仿不了她。

在拯救被绑人质的大义面前，如果不竭尽全力，做自己力所能及的事情，就会有种懈怠的错觉——并非错觉，事实如此。

但是，与其为了答对一百道题导致超时，不如选出自己有把握的二十道题，稳妥地解开，这样还能得二十分不是吗？而且，说不定这二十道题中，有分值为五十分的问题呢——这比方可能不太合适。

换成彩票或许更容易理解，如果一百张彩票中只有一张能中，那抽一百张绝对会中——这是今日子小姐的做法。但如果我最多只能抽二十张，那就从中选二十张即可。

这样说不定还能中，五分之一的概率也并不低。不，在这种情况下，哪怕是百分之一的概率，也值得一试。

缩小范围好了。

没必要非得进行严格筛选，我也不想再逐个分析。只收集我认为绝对正确的情报即可，那些模棱两可，甚至不确定是否合理的情报直接略过。

今日子小姐曾说过，“剔除绝对不可能，最后剩下的可能会带你找到真相。”可我又不是名侦探，还是收集绝对确信的东西吧。

跳过“可能”“疑似”的内容，直接收集“确信”的情报。

基本可以确定，罪犯当天为了绑架今日子小姐，驾驶了一辆老爷车。那有没有可能，他在调查的时候，也开着同款车呢？在确定下手前，先开车收集情报这个假设完全可行，反正到了第二天，今日子小姐又会忘记。这样反而能起到测试作用。最初我将情报的收集范围锁定在二十四小时内，看来还是得放宽到一个月。限制条件太多的话，检索结果会变成零。

最近一个月，掟上公馆周边，能够确定具体车型和生产年代，附带拍摄到驾驶员或车牌号的照片。

这样如何？

经过筛选，最后检索出四条结果。其中有两条是重复的，也就是说，最终检索并确认到的车牌号有三个。

拍摄到车牌号并符合条件的车型……很遗憾，由于角度的问题，加上窗户位置打了马赛克，所有照片都看不清驾驶员的模样。

但应该可以确认到车主的名字，只要知道名字，就能查到驾驶证信息。三个司机……三个嫌疑人……

希望我注意到的这些，恰好是绑架犯忽略的内容。

好了，该给日怠井警部打电话了。不知为何，我十分确信（比车牌号的事情还要确信），日怠井警部一定会陪我通宵调查。

## 5

如果依靠网络情报，至少有两位驾驶员会被无辜连累。在我得出结论后没过多久，我接到了绑架犯打来的第三通威胁电话。

“喂，你好。”

# 第五章 青色的逃脱剧

# 1

为恢复被忘却侦探遗忘的机密情报，我拟定了多个计划。其中第二个计划就是像电视游戏的终极BOSS一样大声宣言“只要你解开这个谜题，就让你回家”。但受计划A失败的影响，如今也只能放弃。

掩盖失败只会为自己招来更多失败——掩盖还不够，必须要完全重置。

这点要向忘却侦探学习。

今日子小姐或许会答应交易，但一定不会屈服于威胁。这并非观察得出的结果，而是实际交谈带给我的印象。她的职业意识比想象中要强，她十分重视自己的侦探身份。

既然如此，那接下来就反向利用好了。

侦探想要的是什么？棘手的案件，充满吸引力的谜题。

还有客户。

不如装成委托人，向她委托案件。不是以谜题的形式，而是以实际发生的案件为背景。也就是说，我装成“案件”的相关人员，向今日子小姐提出委托。

为此，必须要先给她松绑，把她从安乐椅上挪下来，让她睡到床上。反正侦探已经睡着，等她醒来，我就以客户的身份向她说明委托的概要，绝对不会引起怀疑。

绳子可以松开，可监禁的事该怎么解释？我总不可能把她放出去吧，那样风险太大了。

就说是被人追杀，情急之中逃进了这里吧……相比“在案发期间睡着”，如果解释说“是被人迷晕的”，名侦探应该更能接受吧。必须要保住她的自尊。要想装成彼此信任的客户，就必须要避免被侦探反驳说“我怎么可能会在案发期间睡着”。

所幸我是此案的实施者，也确实在车内对今日子小姐实施过催眠，应该能编出有说服力的谎言，就像真实发生过一样。

如此一来，就无法重复利用开始那三个谜题。因为那当中不包含绑架犯暴力逆袭，与客户藏在避难点等充满冒险性的事件。

不过，我手里还有很多忘却侦探曾参与解决的案件情报，只是需要做相应的安排，但可用的案件素材十分充足。

现在关键的是，我的好运来了。包含我最想要的机密情报的案件，恰好与我的计划相匹配——当然，我不可能一想到就立马行动。虽然即便失败，今日子小姐也很快会忘记，但为了以防万一，还是先做个测试比较好。

我称其为B测试。

说到底，这也是为侦探复原消失的记忆的测试……若对记忆重置抱有过高期待，会显得自相矛盾。有时候即便大脑没记住，身体也会记住，毕竟已经失败了一次，绝对不能疏忽大意。

既然决定了，那就尽早动手。在今日子小姐醒来前，我还有很多事情需要完成。

毕竟对手是最快侦探。

那我必须得是最快罪犯才行。

## 2

就结论而言，计划B以失败告终。计划B的B测试也华丽地失败了。而且比计划A还要惨烈——最快的失败。若不是事先想好了对策，我很可能会彻底败露。

接下来听我慢慢道来。

将今日子小姐从安乐椅移到床上后，我静静地等待她醒来——不对，如果按时间顺序的话，期间我还做了一件事情。我帮今日子小姐换了衣服。先前被她拐弯抹角地指责说品位差，我岂能忍气吞声，我也是有尊严的。不对，不单是尊严的问题。

万一今日子小姐醒来后想“我怎么可能自己穿上这种老土的衣服”，那我的计划B——顾客计划可就要泡汤了。

被绑架犯催眠倒还好说，绑架犯帮忙换衣服未免太接近真实，我也想过换回之前的衣服，但这样更糟。

今日子小姐不但每天记忆会重置，穿衣打扮也从来不会重复，经过我细致的观察，这条传言确实属实。虽然不清楚缘由，但如果明知此事（虽然已经过去一天），却还故意为她换上重复的衣服，后果会不堪设想。

或许她身上存在某种本人也未曾察觉的规则或系统……若是如此，那我最好不要节外生枝。

我想要的只是机密情报而已。

我可没想过要成为罪犯界的时尚头领，也没想过要当罪犯。因为这次的绑架案件早晚会被重置。

所以，在让今日子小姐躺到床上前，我再次根据自身的品位，为名侦探换了一身衣服。仔细想想，还真是奢侈。时尚的知名侦探，竟然变成了我手中的变装人偶……但考虑到当中伴随的超高风险，我似乎并没有占什么便宜。

切入正题。

既然是工作中，短袖肯定不行。今日子小姐不喜欢在工作时裸露肌肤，并非出于礼仪，而是为了遮盖“备忘录”。为了给秘密备忘录创造空间，最好选择长袖。下半身也是，相比裤子，裙子显然更好。否则每次确认备忘录，都得露出自己的底裤。虽然掀裙子也不是什么文雅的行为，就以此为基准进行搭配吧。

她似乎不太喜欢橙色衬衫，我准备了一件水蓝色泡泡袖上衣，搭配蓝色长款半身裙，不知这样算不算时尚?

所幸，我还有救。

第一次“换衣服”的时候，评价最低的是鞋，这次她醒来是在床上，鞋子是脱下来的状态。只要能避开她的第一印象，即便放在床边的鞋与她身上的衣服有些许不搭，也可以糊弄过去。我准备了一双适合侦探的实用功能运动鞋。

毕竟我事先准备的衣服、鞋子款式有限，最终搭配出来的效果不一定能让她满意。这个过程谈不上轻松，根本就是煎熬——但是，至少我努力了。我气喘吁吁地（倒不是精神上的疲劳，短时间内为一个睡着的人换两次衣服，体力消耗太大）把今日子小姐移到床上，接着一屁股瘫坐到安乐椅上，静静地等待睡美人醒来。

我怀着复杂的心情等待着。

但相比那个正在为赎金四处奔走的警卫，我的时间分配显然要有意义得多。还是说，他已经报警，但警方不予立案，他此刻正走投无路?

那我真是对不住他。

好不容易努力集齐两亿日元，结果还差一截，而且得不到任何人的信任和帮助。那该是一种怎样的心情？

就在我为这些事情感到愧疚的时候，今日子小姐醒了。

事情有点突然，还没等我做出反应，她便坐起身，卷起左袖，可能是“身体本能”吧。顶着惺忪的睡眼确认手上的备忘录——“我叫掟上今日子，白发，戴眼镜，二十五岁，置手纸侦探事务所所长，记忆每天都会重置的忘却侦探。”

她的确认动作，是开始演戏的讯号。

“你醒了吗，今日子小姐！你还记得我吗？记得多少呢？我是你的委托人——”

但是，还没等我（非演技派）把基于事实临时编造出来的剧本台词说完。

“67分！”

今日子小姐大喊着，朝我的脖子用力踢了一脚。虽然穿裙子比较容易抬腿，但也因此暴露了大腿和底裤。不过这一踢力道真的很大，幸好她没穿鞋，要是她脚上穿着高跟鞋，我恐怕就要完蛋了。

虽然她还没到巴顿术*的境界，但动作十分敏捷，踢倒我后的反应更是迅猛。

她利用床垫弹簧的反作用力，猛地从床上跃起，像体操选手一

---

* 巴顿术是一种攻击和防卫的混合格斗术。——译者注

样落地，摇晃着一头白发，头也不回地跑了出去——朝着出口的方向。

“啊……”

我当即反应过来。虽然不确定67分指的是什么，但应该跟这次的衣服搭配有关。虽说上次只得了及格分，但怎么想，这次得分都要比先前更低，是我用力过猛了吗？

而且，愚蠢的我还意识到一件事情。

今日子小姐根本就没睡着。

她一直在装睡。令人惊讶的是，几个小时都没暴露。一动不动，强忍着内心的紧张，假装舒服地睡着了……这是何等强大的忍耐力。

也就是说，她的记忆并没有重置。我是绑架犯，以及此前试图借游戏之名套取机密情报的事情，她都记得。可她为什么事到如今才行动？明明可以继续装睡，或早点选择时机逃跑。

我很快便找到了答案——见今日子小姐朝出口跑去，我立即起身，打算追上前去，谁知被绊了一跤。

看来今日子小姐是想等我陷入“疲劳”状态，趁我给“睡着的今日子小姐”换完衣服，浑身累到无力的时候行动。虽然她不一定预测到了换衣服的事情——或许早就猜到了——所以才拐弯抹角地挑衅似的否定我的品位吗？

可能是我想多了。

就算我没有执意为打分的事情复仇，光是彻夜盯着今日子小姐，就足够让我“疲惫”。今日子小姐就是在装睡的情况下，静静等待这一刻。如同猎人一般。

加上我在室内，出入口肯定不会上锁——严格来说，从内侧也上了锁，但顶多只能拖延一秒。

我调整好姿势，重新站了起来。与此同时，今日子小姐已经穿过出入口，跑了出去。

最快的侦探，逃跑也超快，没有任何商量的余地。

以上就是计划B惨败的经过，主要原因在我。事后仔细想想，整个计划有太多漏洞。

我叹了口气，拖着沉重的步伐，朝着敞开的门口走去。因为全身心受到冲击，我好想就这么呆站在这里，但这样显然不行。若是再磨蹭下去，我怕自己会被关起来。更重要的是——

更重要的是，我很担心今日子小姐。

我意识到她即便跑出去，也无处可逃。虽然我也知道她不是那种会轻易选择自杀的人，但凡事都有万一。

我刚走出房间，便看到忘却侦探站在甲板前方的船头处，愕然地仰望天空。

# 3

关于监禁今日子小姐的场所，不同于事前调查，这又是一个截然不同的课题——她毕竟是一个活跃的名侦探，不可能会乖乖地待着。

只要我把她捆得无法动弹，除非是魔术师，否则不可能逃脱。但前面也说过了，我不想这样。既然我早就打算好平安释放她，那就不能动用暴力。

至少，要控制在最小限度。

所以，经过仔细的思考，我得出的结论是，监禁在海上……起初我想到了“把侦探监禁在潜水艇”中的浩大计划。光是想想就令人兴奋，但根本没有可行性。潜水艇什么的，即便有十亿日元，也不一定买得起。即便买得起，操作也是个问题。这可不是对驾照进行限定解除那么简单，不知需要考取哪种证件。

所以，忘却侦探在船头妥协了。

如果是二手游艇，先行投资金额勉强在可承受范围内。说实话，为绑架准备的那辆旧车花费更高。就个人而言，相比潜水艇驾驶证，船舶驾驶证要更容易获得。

反正那辆旧车最后还是会卖掉，相当于临时欠款，把船停在距离陆地有一定距离的地方，用橡皮艇作为往返陆地的交通工具。

只要切断引擎，放掉橡皮艇中的气，船就会沦为一座孤岛。

今日子小姐绝对无处可逃。

可谓一座海洋监狱。

但说实话，我本不想让她知道这是一艘船，所以才对房间进行了改造，还准备了舒适的安乐椅。虽然船的引擎已经切断，但根据海面的状况，有时会出现轻微的摇晃。

“今日子小姐，请回房间吧。站在那种地方很危险的，万一掉进海里就糟糕了。”

想游回去是不可能的。

环顾一周，基本看不到陆地……当然，因为现在是黑夜，若是换作晴朗的白天，应该能在水平线附近看到小岛之类的吧。

“我可以打倒你，把游艇的引擎夺过来。”

今日子小姐扭过头，威胁似的说道。但她摆出的架势完全没有气势，根本不像是学过格斗技的样子。那招踢腿只是碰巧掌握的动作吗？

看来不是每个名侦探都懂格斗，这也算是一大收获。

“不过，绑架犯先生，相比决斗，和你交易可能效率更高。好吧，看在你这么大排场的份上，就认可你作为我的敌人吧。”

今日子小姐脸上挂着笑容。

我身心的疲劳似乎也被吹散。

## 4

回到监禁室——改造的船室后，今日子小姐变得格外老实。不，应该说更让人捉摸不透。本以为她会舒服地坐到安乐椅上，谁知——

“请把我绑起来吧。”她请求道，“四周都是海，其实绑不绑都一样。但我不想被人认为跟你是一伙的，既然是被监禁的一方，那就要有被监禁的样子。”

哦，原来如此。

事情朝着与斯德哥尔摩综合征计划正相反的方向发展，现在双方站在了对等的位置上交易吗?

我不是那种会因为被侦探认可为敌人而沾沾自喜的推理狂热粉，但至少这样更容易沟通。

但是，在被绑住前，今日子小姐提出了新的要求——她不想被当成俘虏对待。

她望向床边的运动鞋，表达起了自身的不满。

“至少要给我换一双别的鞋吧，这双真的让人无法忍受。”

想到这次的评分比67分还低，我像泄了气的皮球，无力再反驳什么……我只好放弃，把之前准备的鞋子全都摆到了她正坐着的安乐椅前。

最后她选了一双有扣带的凉鞋……不是我说，我真没觉得侦探的品位有多好。我当初也是抱着好玩的心态顺手买了这双。就在我感到讶异的时候，我突然意识到一件事情。

“今日子小姐，你脚痛吗？”

是刚刚踢我脖子的时候伤到的吧。我倒还好，相比脖子，倒下时撞到地面的手腕更痛。但打架的时候，攻击方也会受到相应的伤害。更何况今日子小姐那么柔弱。应该是光脚踢我的时候，不小心扭到了吧？所以才选了一双穿起来比较舒服的扣带凉鞋？

“呵呵，真是个善良的绑架犯呢。明明被我踢了一脚，却还担心我有没有受伤。”

今日子小姐调侃似的说道。

突然被夸善良，我一时间不知道该如何回应……我确实很担心她，但我担心的理由是，万一她脚踝肿了，最后就算让她的记忆重置，也会留下作案的痕迹。

我并不是纯粹地担心今日子小姐的安危。不行不行，绝对不能有罪恶感，这是陷阱。

“我没事哦，你看，好着呢。”

坐在安乐椅上的今日子小姐动了动脚踝，动作灵活流畅，确实没有受伤的痕迹，至少肉眼看不到任何异样。

“所以，可以帮我穿上那双鞋吗？我现在被绑着，没法动弹呢。”

先前扮睡美人，这次换成灰姑娘了吗？怎么感觉我完全被侦探牵着鼻子走了？算了，无所谓了。

只要能达到目的就行，我没必要非得赢过她。

我跪在她脚下，帮她穿上了那双凉鞋。因为我事先调查过尺码，买的鞋子刚好合适。

问我怎么调查到鞋子尺码的？我是趁今日子小姐去脱鞋式日式餐厅吃饭的时候，在鞋柜里偷看到的……嗯，我知道，即便没有动藏在鞋子里的一万日元，哪怕没有构成犯罪，也并未带来危害，也不可否认这是一种变态行为。

但至少帮到了我。

鞋子穿到今日子小姐脚上的那一刻，顿时散发出前所未有的光芒——不，严格来说，不是凉鞋，而是她全身的搭配，看起来十分和谐。

原来鞋子这么重要？

看来今日子小姐并非为了顾及我的感受，只是单纯地被迫从这些低品位的鞋子中，选了一双相对合适的而已。

总之，没受伤最好不过。

“对了，今日子小姐，说到交易的事情，您要怎样才肯妥协呢？”

“妥协？”

“没错，我的目的你已经知道了，对吧？”

“看来你的目的并不是十亿日元大人，竟然连钱都不要，简直难以置信。”

不愧是人称“金钱奴隶”的忘却侦探……居然称十亿日元为“大人”，未免太过特立独行。

而且，既然她还记得赎金的事情，那表示她自打醒来后，就再也没睡着过。

也就是说，放在她膝盖上的三个谜题——“问题集”的事情也依然记得。

“所以，你想要的是情报对吧？说白了就是想得到我曾经解决过的案件的机密事项……”

“因为如今这时代，情报就是力量。”

今日子小姐对“如今这时代”可能没有什么概念，所以，我特意做了补充说明。

“如今这时代，数据就像侦探，利用收集的统计情报，可以像读取DNA那样，描绘出个人画像。所以，这个世界注重情报公开与情报保护。在这种时代，你这样的忘却侦探是极其珍贵的存在。

或者说，是非常稀缺的存在。”

“意思是，你想从我脑中复原那些高难度事件和不可能犯罪的概要，独占当中的真相和诡计吗？”

诡计我倒没兴趣……不过，说不定也能派上用场。那些未能公布的犯罪手法，应该会在地下市场大受欢迎。

“没错。”

我没有解释什么，直接点头承认。虽然已经开始平等交涉，但我也没必要把所有秘密都和盘托出。

“如果你肯提供我想要的情报，我保证，我会马上把你送回陆地。当然，前提是重置记忆，忘记我的存在。”

“那太感谢了。但是，这件事我恐怕帮不了你。”今日子小姐以平稳的语气明确地说道，“虽然部分原因是出于侦探的职业道德，但最主要的是，我是一个每睡一觉记忆就会重置的忘却侦探。”今日子小姐把写在左臂上的备忘录复述了一遍，“事件的概要什么的，我真的完全不记得了哦。如果你有办法能帮我恢复过去的记忆，那我倒很乐意帮忙呢，因为我也想知道自己到底有着怎样的过去。”

这到底有几分是真话呢？说实话，根据以往的观察，完全看不出她对自己的真实身份有任何兴趣。一般人失忆后，都会想办法找回记忆。但今日子小姐不一样，到了休息日，她基本都是在“悠闲地打发时间”。

从来没去调查过自己的过去。或许她也一样，没打算对我完全坦白吧。

真是各怀心事。

“所以我才想到了猜谜的办法。即便记忆被抹除，毕竟是你曾经解决过的案件，只要读完大致的概要，应该就能得出相同的答案，抓到同一个绑架犯，引出相同的真相。”

“你的办法确实可取，说明你也经过了仔细的思考。但是……我接下来的话你要听清楚了。其实我并没有解开你给我的那三个谜题。”

“欸？”

“是‘更级研究所机密数据盗窃事件’‘艺术庄事件’和‘无业男性（37岁）连环杀人事件’，对吧？我真的毫无头绪。虽然我大致猜到这可能是我曾经解决过的案件，但说到具体的答案……啊，不过，第一题我觉得绑架犯很可能是那个叫隐馆厄介的可疑男子。”

她是认真的吗？到底有几分是真话？

还以为她肯定是因为解开了这三个谜题，才会想通过睡眠的方式重置记忆。结果她不仅没有睡着，连解开谜题这个前提，都是我的错误推测。

第一次解开的题目，第二次却解不开，这怎么可能——我很想厉声反驳。不过，我正是因为预料到这一点，才会事先安排这场测试不是吗？

想想学生时代的考试，前天在家复习明明做出来了，到了考试的时候却一头雾水，这种事时有发生。虽然没办法将校园考试与忘却侦探的事件簿相提并论，但仔细想想，说不定是题目内容存在问题。

那是我个人编写的题目，并非警方整理的报告。准确度与情报量都十分有限。

而且，在纸上阅读与亲临现场调查，两者有着天壤之别。为了确认她的状态，我才特意给了三个谜题，但我完全没想到，她会一题也答不出来。

事态完全偏离了计划的方向，当然，这也怪我自己没有做好最坏的打算。这简直是个致命的坏习惯。但很可能，这一切都只是今日子小姐在故弄玄虚。

故弄玄虚一般指做不到的事情硬说做得到。但这里恰恰相反，对于今日子小姐来说，是能解开的谜题故意说解不开。

“哎呀，虽然我也想帮你，但人总有做得到和做不到的事情，这些已经超出了我的能力范围，我现在非常头疼呢。”

头疼的是我吧。

不如直说“我绝不能做出抹黑忘却侦探名声，背叛客户的事情！我会誓死严守秘密”，我还更能接受。

我会对置手纸侦探事务所的警卫索要十亿日元的超高额赎金，也是为了让他没办法达成要求，但对今日子小姐提出超过她能力范围的要求，根本毫无意义。

正因为清楚这一点，今日子小姐才会特意拿“能力范围”说事。

要想驳倒她的论点，只能向她证明“有些事努力就能做到”吗……为什么我非得要做这种家教一样的麻烦事。

只要让本人不知不觉地解开谜题就行吗……但作为职业侦探，今日子小姐并非那种遇到有趣谜题就非解开不可的人。

即便换作平时，如果没有委托费，即便是能解开的谜题，她也可能说解不开。

那干脆用钱引诱她？

绑架犯给人质钱这种事，简直闻所未闻。但如果这样能解决问题的话……但是，为了买二手车和游艇，我的存款几乎已经花光。我现在已经身无分文。

掟上公馆的警卫筹集的两亿日元从我的脑中闪过，简直像是为我准备的一般。不行，不能打那些钱的主意，对绑架犯来说，取赎金是最最危险的一环。就算不是罪犯，也知晓这点。

而且，两亿日元赎金刚好达到警方立案的要求，因为十亿日元的赎金要求实在太破天荒，对方或许以为这是恶作剧电话。

话说回来，就算侦探爱钱，也不太可能拿顾客的秘密去卖钱。正当我感到无比苦恼时，今日子小姐再次给了我希望。

“真是遗憾，但如果我状态好的话，或许能解开。”

不，这哪里是希望，根本是陷阱。

“但穿成这个样子，我的状态肯定好不到哪儿去——”

## 5

后来，天刚亮的时候，我向置手纸侦探事务所打了第三通威胁电话。眼下的状况不允许我离开今日子小姐，所以这次我没有选择公共电话，而是直接在船上呼出。

“喂，你好。”

# 第六章 蓝色的交易

# 1

这次我放弃耍小聪明，不再跑到隔壁县用公共电话拨打威胁电话。虽然没办法离开今日子小姐身边，但我也没有傻到直接用自己的手机打给掟上公馆。

确切地说，我用的是手机，而且是智能手机——但没有用自己的号码。

就算置手纸侦探事务所素以绝对严守秘密著称，在这种情况下，也不能盲目乐观地认为，他们既没有号码显示屏，也没有安装反向侦查系统。

要相信十有八九没问题，但同时也要做好最坏的打算，这是我通过与侦探打交道学到的哲理。所以，我没有用自己的号码，而是用数据通信打电话——好像是叫IP电话——中转多个海外服务器，让对方无法锁定发信位置。

作为绑架犯来讲，我完全不懂这种隐藏发信位置的技术是出于何种原理，为什么中转海外服务器就能隐藏发信位置？虽然我知道，这就跟从国外打到日本会显示“无法显示号码”一样，但原理仍是一个谜。我只是按照指南操作而已。

这本身就是为了以防万一。

不过，即便身处看不到陆地的海面，手机也依然有信号，真得感谢通信公司人员的努力。为寻找更稳定的信号，我不得不走出监禁室（还不忘锁门），来到称不上舒适的甲板上打电话。刚好有些话不想让今日子小姐听到，这倒也合了我意。万一我哪天不慎被捕，考虑到名声，还是对犯罪经过保密吧。

“喂，你好。”“你好。”

与此同时，电话接通了。掟上公馆的警卫似乎在等候我的电话。竟然会期待我的电话，这未免太奇怪了吧……

名字好像是叫亲切守吧？是今日子小姐接手“艺术庄事件”时的搭档。如果只是这样，那倒没有必要过多提防。

不管是客户还是案件相关人员或是警察相关人员，今日子小姐常与其他人一起联手查案。

但亲切守在与今日子小姐搭档过后，成为置手纸侦探事务所的员工，这一点实属罕见。

名侦探的助手——虽然不同于夏洛克·福尔摩斯身边的约翰·H. 华生，但那个习惯独来独往，记忆每天会重置，与任何人都不存在联系的忘却侦探会单单雇用他，并让他住在事务所，说明他身上有某种过人之处。

是个特别的存在。

所以，出于这方面的缘故，我特意提出十亿日元的赎金要求，试图拖延时间。那个警卫果然不是等闲之辈，没想到他能这么快筹到两亿日元。说不定他真能在如此短的时间内凑齐剩下的八亿日元，这时候我该如何应对呢？要根据上一通电话给出的信号，尝试提高赎金吗？

不不，状况已经发生了戏剧性的改变，我必须要把我和今日子小姐交涉的结果告诉警卫。我在脑中重新整理好思路后，刚打算用变声器说第二句话，却被对方抢先。

“你是高中贵子小姐吧？”警卫如此问道。

竟然叫出了我的名字——压根没有什么八亿日元。

亲切守调查到了绑架犯的名字。

## 2

我并没有调查到绑架犯的确切名字。眼下有三分之一的可能性，严谨点来说，概率可能比这还低。这道题顶多只能得十分鼓励分。因为在网上搜索出来的这三个车牌号中，不一定就包含绑架犯的。

但是，从对方的反应来看，我似乎幸运地猜对了答案。当然，也不单单是出于运气，毕竟我还是做了相应的努力。

尽管是大半夜，日怠井警部仍爽快地答应了我的请求。其实也没有那么爽快，他一边抱怨着“这种工作可不在我的职责范围内”“严格来说，这属于犯法”，一边帮我调查车牌号的主人。

但是，从他说话的语气可以感觉到，他多少还是有些担心今日子小姐。如果戳破这一点，怕是会影响他的心情，我还没有愚钝到这个地步。

然后，他只是告诉了我三个名字——久慈薰、高中贵子、本野伝三。

既然查到了名字，那肯定也能看到数据库里登记的住址、年龄、生日以及犯罪历史等，但日怠井警部只告诉了我名字，没有透露个人信息。

也能理解。

即便是不良警官，也会有自己的底线，冤罪制造机这次已经是破例在帮我了。

答应他会报告事件经过后（还向他保证了不会乱来……我在他眼里有那么鲁莽吗？我觉得我还挺理智的啊。或许从我入职置手纸侦探事务所的那一刻开始，我的人生就注定不平凡），我道了声“晚安”，朝着电话那头行了个礼，随即挂断了电话。

接下来便是推理——侦探游戏时间。

虽然得到了嫌疑人的名字，但光凭这一点，与查到车牌号时的情形，并没有什么两样。

要是名字特别一点，比如隐馆厄介这种，倒还可以去网上检索，收集个人情报。但偏偏三个都太普通，网上能检索到上万个同名同姓的人。

嫌疑人从三人增加到三万人，这可如何是好？

但是，不同于毫无意义的车牌号，人的名字是有含义的，当中大多包含双亲、祖父母或祖先的期望。当然，我还没走投无路到非得凭着姓名去判断谁是绑架犯，也没想过通过名字笔画数去锁定罪犯。但是，即便不懂占卜，我也能确定一点。

那就是，三个嫌疑人当中，“高中贵子”是女性。除非出生在十分前卫的家庭，否则一般不会给男性起名叫“××子”。虽然无法判断“亲切守”是男是女，但可以断定，“掟上今日子”一定是女性的名字，“高中贵子”也是同理。

同样地，“本野伝三”应该是男性吧，“久慈薰”就和我的名字一样，无法判断性别……

一个男性，一个女性，一个性别不明。

比车牌号还复杂。

起初我猜测绑架犯可能是“久慈薰”或“本野伝三”，因为绑架这种恶性犯罪必定会伴随一定的暴力行为，需要一定的力气。

但这只是我“下意识”的想法。

绑架犯也有可能是女性。

这时候应该秉承男女平等的原则——想到这里，我突然意识到一件事情。

绑架犯如果是女性，反而更容易绑架今日子小姐吧？

我明白了，可能今日子小姐在散步途中遇到了最喜欢的推理小说中登场的老爷车，于是二话不说凑上前去。但是，她会毫无防备地坐上陌生男性的副驾驶座吗？

或许会吧，那人有时候神经挺大条的，但可能性极低。

如果驾驶员是女性呢？那她的警戒心即便不至于减半，至少也有所降低。

嗯，非常有可能。

我倒希望是这样。

如果绑架犯是女性，那就不用再从其他角度去区分这三位嫌疑人，省去了不少麻烦，三两下就能锁定目标。这么说有些过于自信了，至少“久慈薰”这名字无法断定性别，单凭名字无法确切地判断男女。

我检索了一下用“薰”作为名字的男女比例，但没有得到相关结果，那就姑且视为1∶1吧。

我决定相信今日子小姐的防范能力，将绑架犯定为女性。如此一来，“本野伝三”可以排除嫌疑，最后剩下“久慈薰”与“高中贵子”。“久慈薰”的男女概率各半，高中贵子百分之百是女性（暂定）。

也就是说，我想想……这是个数学问题。先前也提到过很多关于概率、可能性的问题，即便不擅长理科，应该也能够计算出来。

如果绑架犯是女性，那“久慈薰”是绑架犯的概率为四分之一，“高中贵子”为绑架犯的可能性是二分之一。

直观来看，四分之一与二分之一的差别并不大。凭我这种不靠谱的手气，不管选哪个都有可能落空。说不定最初分析男女概率的时候，就已经错了。

毕竟这种推测包含了我大量的主观希望，因为我潜意识中认为，如果绑架犯是女性，今日子小姐面临的危险会大大降低。

这种期待容易蒙蔽自己的双眼，所以我成不了侦探。但不管我是不是侦探，四分之一与二分之一都有着成倍的差距，如果要赌输赢，我当然会押“高中贵子”。

我只能赌一把。

一方面是因为正确率高，值得一赌。但最主要还是因为，我失去了救今日子小姐的机会。

“你是高中贵子小姐吧？”

接到威胁电话后，我冷不丁地向绑架犯提问，并全身开始冒冷汗——幸好不是视频电话。不，如果是视频电话，就能从一开始就确定绑架犯的性别。但即便不是视频电话，也能察觉到，绑架犯有一瞬间失去了言语。

“你——”

绑架犯“高中贵子”依旧用着性别不明的合成音，开口想说什么，但中途又咽了回去。

对方应该是想问“你是怎么知道的”吧？

但绑架犯应该知道，我不会如实回答她的问题。如此一来，站在提问者的角度很容易让对方找到破绽——或者说，弱点。

俗话说“问了是一时之耻，不问是一生之耻”，那是校园和社会常用的座右铭，也是绑架犯与侦探事务所在交涉过程中常用的谚语。即便换作我这种古今少有的正直人士，也不会老实地回答“基本猜中了”。

总之，如果对方不回答，那我就放出第二支箭。

“赎金我已经准备好了，现金二十亿日元，这下你应该没意见了吧？”

## 3

二十亿日元——绝对是骗人的。

本来十亿日元就够破天荒了，结果他筹集了双倍，这怎么可能，钱可没那么好赚。

但是，对方会在摸清我名字后，说出这种话，我没办法忽视。

提高赎金的计划彻底落空。我并没有贬低或者看轻的意思，亲切守并非侦探的助手，只是一介警卫，推理和搜查难免会显得笨拙。

要完蛋了吗？

名字被查到就结束了？他到底知道多少？住址、电话号码还有拘禁今日子小姐的游艇位置都掌握了？不，不可能……这绝对不可能。

如果他知道这么多，早就把我逮捕起来了。

“请不要误会，高中贵子小姐，我只是想跟你做个交易，我还没有报警。”

就在我大脑一片混乱，不知该如何应对的时候，亲切守提出了一个请求。没有报警？

真的吗？

无法断定其中的虚实。

但如果是真的，那他为什么要特意告诉我？为了让我这个惊慌失措的绑架犯安心一点吗？

虽然有些自嘲的意味，但说不定事实真是如此，只是我自己多虑了。毕竟亲切守既非侦探也非助手，他不过是一个保镖，保护今日子小姐是他的职责。

他必定不敢断却我的后路，逼我狗急跳墙——死则同死，他一定思考过我伤害今日子小姐的可能性。

亲切守的目的并非将我绳之以法，让我接受正义的制裁。说到底，他只是想让今日子小姐平安归返。至于我，他根本不在乎。所以，作为普通绑架犯，我与他之间还有交易的余地。

即便他报了警，我也有办法应对。

已经发生的事情以后再反省。

我的名字已经被没有忘却体质的人知晓。

按理来说，我随时有可能完蛋。

但所幸我现在的交易对象不只有亲切守，还有作为“人质”的忘却侦探。

不，我和侦探之间应该叫讨价还价。

她是他的上司兼雇主，如果有什么命令暗号，我应该能察觉到。

“那真是太好了，因为我不是高中贵子。”

我这才否决了亲切守的猜测。虽然有可能是徒劳，但总比直接承认要好——哪怕能让他产生一丝动摇也行，现在放弃还为时过早。

但是，我没必要再装成绑架犯的口气说话了，那样很容易引得自己发笑。

我平日对任何人都很有礼貌。

“你准备了二十亿日元吗？”

“请让我确认一下今日子小姐是否平安。”

无视我毫无意义的确认，亲切守强硬地说道。所幸，我还能迎合他的请求。

我从甲板回到船室内。

希望别突然没信号。

## 4

“初次见面你好，我是侦探掟上今日子。”

听到电话里传来的声音，我安心地叹了口气——这只是委婉的表现手法，实际上，我当场瘫跪在地。

今日子小姐没事。

虽然我没有看到真人，现在断定安全还为时过早，但从她的声音——当然没经过处理——来看，她应该没有受什么重伤，也没受到什么严苛的虐待。

她的语气一如既往地令人火大，这一点从接下来的话语就能得到印证。

“请问你是哪位？”

未免太挫伤人的积极性了。我绞尽脑汁，费了九牛二虎之力才争取到了与她通话的机会，结果她早把我忘得一干二净。不管见多少次面，每天早上的第一句话必然是“初次见面你好”。

算了，又不是第一次认识，我早就习惯了。

不过，没想到绑架犯真会答应让我与今日子小姐通话，我握着听筒的手还在颤抖，竟然能这么轻易地听到今日子小姐的声音。

实际上一点也不容易。

这一晚仿佛一生那么漫长。

这些都是我努力的成果。确切地说，当中包含许多粗糙的推理，而且大部分都是靠赌，但至少，我尽力了。

见我调查到了绑架犯的名字——高中贵子，对方就放弃了吗？也或许，我宣称准备好了二十亿日元，并且未报警（严格来说，这也是骗人的）的战略起了效果——但是，看样子对方也有所行动。

只有自己的努力得到认可，才能获得成长。但如果把一切都归结于自身的努力，未免太过自大……今日子小姐自己肯定也制定了逃跑计划，并与绑架犯尝试过交涉，所以才有了这次的通话。

“我叫亲切守，二十七岁，置手纸侦探事务所的警卫，是你的下属。”

“原来如此，你就是我忠诚的下属吗？”

谈不上忠诚。

这也是事务所的早晨时常上演的对话。

“那个，那就切入正题吧，闲扯太多的话我会没命的。我需要拜托你一件事情，可以吗？”

“啊，嗯。”

“为以防万一，我提醒一下，不要记笔记或者对通话录音哦。你毕竟是置手纸侦探事务所的警卫，应该清楚这点吧。”

在她的提醒下，我猛地意识到，应该从一开始就录音的。把绑架犯的声音、听到自身姓名时的反应，以及下落不明的今日子小姐的声音录下来。只要有这些证据，即便警方不会立马成立搜查组，也不至于无动于衷。

对于此番得出的结论，我本想慎重地应对，谁知还是按捺不住内心的激动，变得有些得意忘形——真是令人懊恼不已的失误。

“怎么了？你停止录音了吗？”

“没，我从一开始就没有录音。”

绑架犯必定在旁边监听，我还没愚蠢到会老实地回答侦探这种问题。

“那就好，做得很不错。”

今日子小姐夸奖道。这应该算是高度赞扬吧，毕竟我家上司平日很少夸赞下属。

“对了，亲切先生，亲切守先生——我可以叫你守先生吗？”

“当然可以，今日子小姐平日经常这么称呼我。”

“那么，守先生，我需要你帮我准备些东西。”

“是赎金吗？”

“不是，是衣服。”

“衣服？”

意料之外的回答令我僵在了原地。衣服？虽然十亿日元的要求有点破天荒，但至少能证明绑架犯想要的是钱，可衣服是什么意思？

“详情不便多说，我现在处在说话必须要经过深思熟虑的立场。也不能说是立场，因为我是坐着的——啊抱歉，我不说了。”

“啊？”

最后那句话有些莫名其妙，看样子不是对我，而是对她身边的绑架犯说的。

不是站着，而是坐着的。

告诉我这个能有什么用处呢……莫非她坐在什么特殊的椅子上，比如能通过椅子形状推测出监禁场所之类的？

怎么可能……

想太多可不是好事。

“总之，我接下来有案件要推理，能麻烦你帮我准备衣服吗？

既然你是我的员工，那自然有打开我衣橱的权限，对吧？”

打开衣橱的权限？我有过这么大的权限吗……先前不是还禁止我进入她的卧室。而且，“想要发挥出侦探能力，必须要准备好衣服”这种设定，我还是头一回听说。

所以今日子小姐才“同件衣服从不穿两次”吗？

但毕竟绑架犯就在旁边监听（应该开了外音……能这么快换今日子小姐接电话，那说明这次用的不是公共电话。也没有投币的声音），我不敢随便附和。

说了半天，我完全没弄懂对方的状况。说不定，想要衣服的不是今日子小姐，而是绑架犯。又或许，绑架犯的目标不是今日子小姐的秘密金库，而是衣服种类多到惊人的衣橱，那未免也太荒谬了。

我又不是你的购物网站——我差点想如此反驳，但眼下必须要注意措辞。

“要准备怎样的衣服呢，我自己随便选吗？”

“那绝对不行。”

为什么要否定我的品位？明明“初次见面”。

“翠蓝色高领夏季针织衫，淡紫色的休闲裤，外套就选休闲的长款黄绿色风衣，袜子不用准备，鞋子颜色你自己看着办，平底皮鞋就行，拜托了。”

这可就难为我了……今日子小姐可能忘了，我这已经不是第一次被命令拿衣服了，但之前从没有这么复杂。

我也想极力地说服自己，帮护卫对象拿衣服也在我的职责范围内。但没想到我这个跑腿的，竟会以这种形式派上用场。

严格来说，我并没有派上用场。

因为今日子小姐叮嘱的“衣服内容”，我基本没有听懂，像是说了一堆电脑相关的术语般。

至少先前差使我拿衣服的时候，都会选一些外行人也能听懂的词语，为什么偏偏这次——我只听懂了颜色。

说实话，连颜色我都没记全。翠蓝色？章鱼一样的蓝色吗？听说章鱼的血是蓝色的……

虽然我曾经在美术馆工作过，但毕竟不是美术专业，我只知道这是蓝色的一种。

或许今日子小姐从我的沉默中察觉到了我的迷茫。

“如果不清楚的话，就去看看色卡本，公馆里应该有的。”

今日子小姐建议道。可相比颜色，我更想知道具体款式啊。但很遗憾，我与今日子小姐的对话到此结束。

“明白了吗？”听筒里传来一如既往的合成音，“三小时后，我会直接去你所在的掟上公馆取衣服。请在那之前准备好今日子小姐需要的衣服——不要准备钱，记住了。”

# 5

状况发生了飞跃性的进展，我现在非常为难，事态变得更复杂了。

“准备衣服”的要求乍看之下比筹集十亿日元的难度降低了许多，但对我来说，这同样是无法完成的课题。

今日子小姐提醒过我不许做笔记。她叮嘱过我的那些陌生词汇，正逐渐从我的脑中消失。不同于忘却侦探的记忆重置，这是一种慢慢从脑中淡去的感觉。

原来不熟悉的词汇这么不可靠，必须要趁我彻底忘记前做点什么。

这次的时间期限是三小时。

必须要在三小时内准备好名侦探的衣服——嗯，这哪里是胜负服，简直就是战斗服。

她好像提到过打开衣橱的权限之类的，可既然今日子小姐的记忆已经重置过一次，应该不记得自己有什么衣服才对。

还是说，今日子小姐的衣橱里收纳了古今东西的所有服饰？

那我更不想踏入这片深渊，选项过多会让人停止思考。既然如此，那不如去女装店向店员请教，这样总归不会出错——就这么办?

啊，不行，这办法是不错，但时间不允许。女装店最早也要上午十点开门，平时都是上午十一点开始营业，现在才七点。

等女装店开门，这边时间也来不及了。

向日怠井警部求助，显然不靠谱。车牌号的事情他能帮忙调查，但女装的事情他不一定在行。那个不良警官对女装的了解程度，说不定还不如我。

那应该找个熟悉女装的人帮忙。一般来说，最熟悉女装的莫过于女人。

说来惭愧，作为男人，我平时很少与异性往来，这时候能够求助的女性也就只有我母亲。虽然我很尊敬自己的母亲，但这时候不得不承认，我的母亲几乎与时尚无缘，或许只是因为出生年代不同吧。

结果，我还是只能靠自己。

我向天发誓，等今日子小姐回来，我一定要申请加薪。我先遵从侦探的建议，开始寻找起了色卡本。

# 第七章 紫色的解决篇

# 1

此时的警卫亲切守应该在衣橱内忙着寻找今日子小姐要求的“衣服”吧？虽然我很同情他，但很遗憾，他的努力终将只是白费力……因为现在已经是上午十点，我并没有前往掟上公馆。

倒不是迟到，而是压根儿没打算去。

我先前被他的上司耍得团团转，这次也得让他尝尝苦等的滋味。真是抱歉，接下来我不打算再联系他，实在是太危险了。

说实话，今日子小姐要求准备衣服的时候，我也表示理解，毕竟每个名侦探都有自己独特的风格

就像运动员的例行训练？我才疏学浅，这方面不是很懂。听说金田一耕助在推理的时候，喜欢倒立。不记得是小说里的设定，还是电影里的原创情节。夏洛克·福尔摩斯戴猎鹿帽的装扮好像是插画作家提议的。总之，在我看来，今日子小姐自己选服装，或许是日常侦探工作中不可或缺的一环。

但我立马感觉到了不对劲，不管是运动员还是名侦探，都会因

为心情的问题，状态时好时坏，但绝对不会有太大的影响。

心情问题并不会改变实质。

虽然可能会影响到达终点的时间，但绝对不会出现“原本会做，现在却不会做”的情况……我并不指望今日子小姐能做到最快，那她到底有何企图？

为什么非得要求自己选衣服，还否定我的搭配品位？

就像我要求亲切守准备十亿日元赎金一样，她也是在拖延时间吗？指望下属趁她换衣服的时候来救她？但是，听到她说“那就让亲切先生帮忙把我的衣服拿过来吧”的时候，我顿时恍然大悟。

原来是这么回事啊。

通过将破天荒的十亿日元赎金要求，换成更实际的“衣服”，为我和警卫亲切守创造接头的机会——也就是粉碎绑架计划的最佳时机。

趁机将我绳之以法。

但我想要的不是赎金，这种事情永远不可能发生。但要想得到我的目标物——高难度事件的机密情报，这种最佳时机是不可避免的。

我竟然看穿了侦探的诡计！相比兴奋，我更多的是嫌弃，表面笑眯眯的样子，背地里竟然打这种坏主意。

接连动用这种令人反感的手段，或许这人比我要更适合当罪犯？

我决定将计就计，装作上当的样子，给亲切守打威胁电话，让名侦探与其警卫对话——用免提的方式。

我也不想动用暴力，但为了避免她泄露监禁室的位置，以及我的真实身份，我只好拿刀威胁她。虽然她丝毫没有惊恐之色，但至少除了“衣服”的事情外，她没有再提及其他。

但即便今日子小姐没有告知，亲切守也已经调查到了绑架犯的真实姓名……

本以为她会在我容许的范围内，稍微向对方发出求助的信号，但实际上完全没有。我将电话与匕首同时伸到今日子小姐面前。她虽然爽快地向下属下达了命令，但在我这个旁观者看来，她完全不信任自己的下属。

但这也在情理之中。

虽然昨晚记忆重置的事情是假，但被我绑架的时候，她的记忆确实重置过一次，她醒来后的第一句话是“初次见面你好”。

也就是说，今日子小姐并不确定“亲切守”是否值得信任，甚至不确定亲切守这个人是否真实存在。所以她才会在通话中不留痕迹地试探对方，如果我有个同伙，或许我也会这么做。

真是的，朋友果然很关键。

反过来说，我没有机会反向利用他们之间的关系。如果能弄清今日子小姐雇用亲切守的缘由，或许我也能让他为我所用。但这似乎是不切实际的幻想。

但是，只要听到今日子小姐对亲切守下达的“命令”内容就够了。

“翠蓝色高领夏季针织衫，淡紫色的休闲裤，外套就选休闲的长款黄绿色风衣，袜子不用准备，鞋子颜色你自己看着办，平底皮鞋就行，拜托了。”

因为不允许做笔记，不难想象，此刻的亲切守一定万分苦恼。从通话中的反应也能看出，亲切守对女装并不了解。

我的时尚品位虽然才67分，但好歹比男性（除了男性造型师）更了解女装。所以，没必要等亲切守准备好。等到了十点，女装店开始营业后，我直接将今日子小姐想要的衣服买来便是。

侦探的衣服尺码我早就烂熟于心，只要剪掉标签，她绝对看不出我是新买来的。

既然今日子小姐同件衣服从不穿两次，那她衣橱的衣服应该全是新的，如此一来，也就不用担心被她看穿“这件衣服跟我衣橱里的不一样”。今日子小姐应该不记得自己衣橱里有哪些衣服了，就算她曾经做过记号，如今也都忘得一干二净了。

等我去店里把衣服买好，声称是“亲切守准备的”，交到她手上后，即便她脸皮再厚，也不好再说什么。她没有借口再拖延推理时间，获救的希望也因此破灭。如果侦探得知警卫与警察都没能趁交接的时候抓到我（如果产生这种误解），她应该会放弃吧。

如果说网罗推理是一种高速覆盖所有可能性的推理，那封锁所有可能性便是我所期待的道路。要想束缚住今日子小姐，光靠安乐椅还不够，必须要将她逼到一条没有岔路的大道上。

## 2

轻松地购完物后，我回到橡皮艇所在的废弃码头。那里还残留着栈桥的残骸，远处海面上有大量海上保安厅的巡视艇。

我吹牛了，其实一点也不“轻松”。不得不承认，我的辛苦程度可能丝毫不亚于亲切守，为避免暴露罪行，我不能在一家店买齐所有衣服。等我来回乘电梯，逛完多个商城的女装店，时间已经过去了很久。期间还要多亏店员的专业接待。

但是，耗时的真正理由是——我没有以最快速度完成购物，我的脑中总会不自觉地冒出“这件没问题吗”的疑问，始终挥之不去。

尽管我按照今日子小姐的要求买齐了所有衣服，但这些衣服搭配在一起，实在谈不上品位有多高。虽然我这个品位才67分的人可能没有资格这么说，但这是我最真实的想法，我可没办法操控自己的感性。

起初我以为是不同品牌设计相冲突的原因，但实际并非如此，只是单纯的颜色不搭而已。

不同于警卫，我可是对他们的通话内容进行了录音。所以，绝对不存在听错的问题。毕竟我反复确认了很多遍。

绝对不会有错。

那会不会是今日子小姐说错了？

但想到先前那双不起眼的扣带凉鞋，穿到她脚上后闪闪发光的前例，我又打消了心中的疑虑。

或许不应该夹杂外行人的判断。

如果擅自改变款式，可能会被今日子小姐发现这是我另行购买的衣服……今日子小姐早就领略过了我的糟糕品位。

我怀着疑惑的心情，买完所有衣服后，回到了码头——可见，“轻松”根本就是骗人的。

而且，“在海上发现大量海上保安厅的巡视艇”也是骗人的。说“大量”有些夸张了，也就五艘左右而已。

但不是我虚张声势，光是这点数量，就足以让我感到绝望。尽管我并不在他们的巡视范围内，但我却有种被包围的错觉。

我耳边仿佛响起“请放弃无畏的抵抗”的警告声。

“把监禁地点设在海上确实是个不错的主意，但反过来说，你也断却了自己的后路，变得无路可退。”

耳边突然传来说话声。

俗话说：“当你在窥视深渊的同时，深渊也在窥视着你。”就在我打量着藏在堤坝附近阴影处的监禁场所——我的船时，有人正躲在水泥块后，注视着我的一举一动。

其实并非什么深渊。

我僵在原地，脸色铁青。从身后向我搭话的不是别人，正是那位白发忘却侦探。

穿着67分的服装，时隔一日登上陆地的忘却侦探。

“不过，幸好有人碰巧趁你不在的时候把我救出来了，我实在受不了这种修罗场。”

今日子小姐笑着说道。有人碰巧趁我出门购物时将今日子小姐救了出去？

莫非是巡视艇？

今日子小姐趁我外出期间叫来的？她自己解开了绳索，联系了警方？可手机在我身上，船上也没有什么通信设备。除非走到甲板上，向碰巧路过的船只求救，结果我只是碰巧输了吗？

我不这么认为，也不想这么认为。今日子小姐一定是利用那通电话，以暗号的形式将位置告诉了亲切守，亲切守随后便报了警——这么想比较妥当。

但这种可能性又伴随着新的疑问。

我已经很小心地提防他们利用暗号传达情报，虽然我并非暗号解读专家，但至少我没有捕捉到任何可疑的话语——他们每天早晨都是“初次见面”。

所以，应该不存在只有他们才懂的暗号……即便有，侦探每睡一觉，记忆都会重置。“帮我准备点衣服”这种要求，不可能是即兴编造出来的“位置”暗号，即便通话中夹杂了相关情报，我也不可能完全听不出来。

首先，大海茫茫无边。就算警卫那边得知“侦探被监禁在海上”，也无法定位出确切的海域，毕竟地球的三分之一都是海。

今日子小姐也不可能知晓自己的确切位置。

“为了掩盖在船上的事实，故意准备了一张安乐椅，这主意非常好，但反正我也没办法逃脱，你没必要关掉引擎，让船停在海面。没能利用‘移动的监禁场所’这一大优势，是你的失误。”

经她这么一分析，确实是我的疏忽。登上船后，我一心想着如何瞒住今日子小姐。

但这算不上是致命的失误。可疑船只在海上胡乱移动也会有风险吧？停在安全海域不能说是错误的决定。

“或者说正因为在船上，我才知晓自己所处的位置。因为海军和海盗都是凭借星空来确定方位的。”

踢倒我后，逃到甲板上时确认到的吗？

在船头仰望天空并非为无路可退的现实感到绝望，只是单纯地在确认星星的位置吗？张开双臂并非为了防御，只是用身体在测量距离吗？意识到自己在船上的瞬间，能完成如此复杂的计算，不愧是最快侦探——大脑运转速度是何等迅速。

毕竟是历史悠久的天体运动规律，即便记忆每天重置，也不至于抹除这部分知识……总算弄明白了今日子小姐掌握位置信息的手段。因为当天晚上没有下雨。经她这么一说，确实十分在理。但我并没有感到意外，毕竟方法多得是，只是她的速度快到惊人。

但她是如何传达给亲切守的呢？这依然是个谜题，这会永远成为一个未解之谜吗？

“那今日子小姐为什么会出现在这里？既然被救出来了，这时候应该在配合警方做笔录才对吧？”

我尽可能地让自己保持平静，看向今日子小姐，毕竟总不能一直不舍地盯着大海。

将作为大型证物的游艇转卖，填补经费的计划要泡汤了……今日子小姐为什么没有带上警察，而是单独一人出现在这里？话说回来，她根本没必要待在这里吧。

“虽然我也不想这么做，但从备忘录上来看，我貌似是侦探，所以我想当着你的面解开谜题。”

“解开谜题？”

“没错，一般解谜都是针对客户，而不是嫌疑人。但这次我就为你破个例，毕竟你是我曾经认可为敌人的人。”

现在已经不是你的敌人了。

我已经接受了这个现实。说来真是不可思议，我竟然有种如释重负的感觉。

对了，说到负担。

“今日子小姐，这是你要的衣服。”

我递出购物袋。因为是在不同店购买的，每件都打包得很仔细，加起来有一定重量。

今日子小姐能穿成这样逃出监禁室，那证明“有合适的衣服才能发挥出推理实力”的说法完全是谎言，她从一开始就不需要这些衣服。但现在我只想交出这些衣服——就像放弃我的犯罪计划一样，让自己得到解脱。

“那真是太感谢了，多谢你的好意。”

今日子小姐毫无防备地接过袋子（都不担心里面是否装有炸弹），确认起里面的衣服。

她默默地思考了一会儿。

“这些就给我当居家服穿吧。”

还真是感谢你嘴下留情。

## 3

从上司那里接到“准备衣服”的任务后，别说款式，我连颜色都没办法确认。于是我开始寻找今日子小姐所说的色卡本，结果在一个意外的地方发现了它。

在电脑里——正是那台我用来收集信息的电脑。并非在网上，而是保存在硬盘中，名字就叫“文件夹名・色卡本”。

简单易懂。

打开一看，里面每个文件的命名都很详细，我点开目标颜色，屏幕上弹出一张类似色卡本的细长图片，可以确认到具体是什么颜色。文件夹里存放着一千多个文件，庞大的数量让我感到有些厌烦（理论上颜色种类是无限的吗……），但我还是老实地寻找起今日子小姐指定的颜色。

翠蓝色，淡紫色，黄绿色。

每种颜色都比想象中更惹眼，虽然我略感疑惑，但还是根据色卡本提示的颜色，来到了今日子小姐的衣橱。确切地说，是潜入她的衣帽间，从数量多到惊人的“服装”中，尝试寻找今日子小姐指定的款式（有种走进仓库的感觉，衣服像书房里的书一样，按照固定基准分类摆放，要找出想要的衣服并不难），我终于明白了疑惑的来源。

嗯？这未免也太丑了！

这些衣服单看都很正常，属于雅致的类型（我没有资格对女装发表评论），但搭配起来，真的一言难尽。

虽然这次的理由是“没有战斗服就无法发挥出侦探实力”，搞得像魔法少女一样，但我平日真没见过今日子小姐穿成这样。

虽然今日子小姐有“同件衣服从不穿两次”癖好，但也存在一定的规律性，她得衣服基本都属于“大方随性”的风格。

莫非是我找错了衣服，还是听错了上司的指令？

后者的可能性较高。因为记忆逐渐模糊，加上一晚没睡，精神高度紧张，我整个人的精神状态已经十分疲惫。

时限是上午十点，时间在一点点流逝。与绑架犯交接本是一次大好的机会，这样下去我恐怕要浪费掉了。

总之，重头再来吧。作为今日子小姐的贴身警卫，直觉告诉我，一定是搞错了；作为每天早晨目送今日子小姐出门的下属，不可能会忽视这种穿搭。

说实话，如果今日子小姐穿成这样出门，我拼了命也会阻止她。就算她嫌我烦，我也一定会阻止。

摆在桌子上，从旁观的角度来看，款式并没有那么糟糕，是颜色的问题吗？

作为女装来说，这些颜色实在有些扎眼，那就再去确认一下“文件夹名·色卡本”吧。

虽然没做笔记，但只要浏览一遍文件名——只要大致翻看一遍，或许能刺激到我接近极限的海马区（掌管短期记忆的大脑区域）。

但现实并未如愿。经过细致观察，我发现这些图片似乎并非电脑制作的成品，而是现实拍摄的实物照片。

虽说即便是同种颜色，不同布料显示出来的效果也各不一样，但也没必要这样吧。制作这种手工色卡本——布料色卡本一定够呛吧，我不禁浑身冒起了鸡皮疙瘩。

今日子小姐就是用这种近乎苛刻的方式，坚持着自己的时尚之路吗？我莫名地为之折服——不行，思维完全缺乏方向性。我一会儿感慨，一会儿钦佩，整个人处于懒散被动的状态。我也不是非得要批判什么，只是突然从上司那里接到这种令人头大的命令，若不带点情绪，我根本没办法保持清醒。

说实话，我好几次差点在电脑前睡着。一般人睡前看着显示屏画面，会难以入眠，我恰恰相反，看着电脑的显示屏，整个人都昏昏欲睡。相比屏幕的光芒，更多的是因为我已经开始意识涣散，可即便如此，我仍坚持在电脑前坐了一晚。

干脆打印出来吧。暂时没看到打印机，不过毕竟是置手纸侦探事务所，像打印机这种业务必须设备，应该还是有的吧。再说了，这种色卡本打印成册更方便，这样省去了每次开电脑的麻烦。

明明使用频率较高，为什么要保存在电脑里？既然是用来选衣服的色卡本，那拍摄布料图片，制作色卡本的做法倒也妥当。但是，真的妥当吗？

根本没办法通过二维图片确认到布料的手感与舒适度，显示出来的效果也会有所偏差，毕竟像素并没有那么高。色卡本只是一个参考标准而已，没必要用这种方式呈现。而且，用衣服布料制作色卡本，原本就偏离了它本身的用途。

连我这混沌的大脑都能想到这一点，今日子小姐不可能想不到……没有把色卡本打印出来的理由，以及用实物照片制作色卡本的理由。

酷似色卡本的细长图片——可恶。

要是能提前一小时察觉到……也就能提前一小时睡觉了。

也就不用在衣橱里苦找。但不管怎样，这次的发现意义重大。

重要的是，如果这些布料图片是用手机拍摄的，那除了图片本身外，还包含其他情报——正如我能在房间内收集到大量旧车目击情报一样，在如今这个信息发达的社会，大部分人都会将这部分功能关闭——也就是定位功能。

这些图片很可能包含了位置情报——不，绝对有。

毕竟那是今日子小姐。

所以才会将色卡本保存在电脑里……如何在地图上显示照片来着？去网上检索一下。

我发誓今后绝对不会再说“网上的信息在现实中根本派不上用场”这种话了。我借助着网络的力量，顶着昏昏欲睡的双眼，点开了地图。

按理来说，有日本各都道府县的地图就够了。

但这次竟然需要用到世界地图，因为今日子小姐的手工色卡本中的图片遍布世界各地。

图片散落在各个位置，如同马赛克一样，形成一幅世界地图形状的画作。这可不是单单花时间就能完成的，必须要游遍世界各个角落（包括纷争地区），才能做成这套色卡本。某种意义上来说，这算是一部极致的纪念写真集。

现在可不是看得入迷的时候。

分析到这一步，我总算明白了今日子小姐那番话的用意——故意以准备衣服为借口，提示我去看色卡本，而且特别强调了衣服的颜色，说明她想告诉我她所在的位置。

忘却侦探在绑架犯的威胁下，以淡然的语气，毫不避讳地将暗号传达给了我，但我还有一个疑问。

确切地说，是矛盾点。

这个留到后面再琢磨，还是先不想了。等今日子小姐回来，直接问她好了。已经熬了一宿的我，实在无力弄清所有矛盾点。最后我只能再想清楚一件事情——既然每张布料图片都包含位置情报，那为什么今日子小姐要指定三张呢?

或许绑架犯故意隐瞒了监禁的位置，忘却侦探没办法锁定确切的地址，才给了我三个选项，就像之前的三个车牌号一样。

但是，确认完这三张布料图片的位置情报后，我当即否决了自己的猜测——这三个位置未免太分散了。

一张位于北美大陆的一座城市，一张位于欧亚大陆的一座城市，一张位于大洋洲大陆的一座城市……就算不确定自己的位置，也不至于给出三个差异如此大的选项吧。气候条件相差太大了，即便躺在开着空调的室内，我也能区分这三座城市……

不管怎样，今日子小姐不可能被监禁在国外，若真是被国际犯罪组织绑架，那我不论再怎么努力，恐怕都无济于事。

只要弄清今日子小姐现在所处的位置，我就可以像日怠井警部求助。结果，又要赌三分之一的概率吗？当中不一定有正确答案的三分之一。

像筛选旧车目击情报一样，我尽量减少情报量，剔除其余无用的照片，只在地图上显示指定的三张照片。我并不指望能改变什么，现实依然束手无策。

其实从一开始就很明了。

这是一道单纯的数学题，但不是三分之一，而是三个点。

考的是三角形的定义。连接不在同一个直线上的三点能形成三角形，所以才需要散布在不同的位置。

连接三个点，形成三角形。

北美、欧亚、大洋洲，把三个点连接起来，就能形成一个正三角形。严格来说，不算是标准的正三角形，多少存在一些误差。但毕竟地球是圆的，不可能描绘出绝对标准的正三角形。能不能形成正三角形具体也要看地图种类，但能在这种日本普遍使用的世界地图上画出正三角形（接近），绝对不只是巧合。

根据学生时代的模糊记忆，正三角形的特征是……没错，重心、内心、外心重合于一点。

但是，如果这点就是今日子小姐所在的位置，那为什么不直接告诉我这个点的位置呢——明明可以只用一种颜色提示，这样也就省去了找衣服的麻烦。

是想通过乱搭的方式，引导我去翻看色卡本吗……可日子小姐只是侦探，又不是神（虽然是个守财神），不可能如此精准地操控一个人的行为。

不对——她必须要通过提供三个点，来告诉我确切的位置信息，哪怕用这种胡乱配色的方式。

因为她被监禁在海上。

即便曾游历过世界，也无法取得海上的确切位置情报。那个正三角形的中间点指向的就是太平洋上日本领海内的一个地方。

也就是说——我知道了！

今日子小姐被监禁在潜水艇里！

# 终章

# 白色的回归

确切地说，不是潜水艇，而是游艇。接到我的报警后，日怠井警部迅速出动，在推测的位置找到了今日子小姐，并保护了起来。虽然她不是靠一己之力逃脱的，但至少凭自身本事策划了逃脱路线，避免了“名侦探被罪犯绑架”这样荒唐之事的出现。

绑架犯盯上的价值超十亿日元的机密情报没有泄露，案件顺利解决，绝对严守保密义务的招牌也得到保全。

但绑架犯——警察抵达时恰好不在船上的“高中贵子”早已逃之夭夭，不见踪影。关于这一点，不好明说，其实我怀疑是今日子小姐故意放走她的。

这并不是什么稀奇事。作为职业侦探的今日子小姐曾经就放走过嫌疑人。尤其当被害人是她自己的时候。

不抓没有价值的罪犯，不免费解决案件。这就是金钱奴隶的行事风格，或许是希望某天他们再次以“值钱的绑架犯”的身份重新回到她面前吧。

所以——

“我回来了，守先生！我太想你了！”

“不是的不是的，我们不是那种关系！”

今日子小姐刚回到掟上公馆，见到在门口迎接的我，立马上前搂住了我的肩膀。我连忙挣脱。

“哎呀，真是遗憾。好冷淡呢，我的保镖是铁做的吗？”

今日子小姐故意噘起嘴巴。算了，就当她是在故作轻松地调侃我这个下属吧。我前面还说坚信她不会随便坐上男性的副驾驶座，所以将绑架犯锁定为女性，这会儿她却如此随便地抱住我，推理的根基遭到撼动。

更重要的是，我实在太困，根本没有精力分享重聚后的感动。听说今日子小姐也和我一样熬了很长时间没睡觉，可她的精神也未免太好了——还是说，这是通宵后遗症吗？

不管怎样，作为保镖，既然已经确认今日子小姐安全回归，那我应该可以去睡了吧。

不行，在那之前。

必须要解决搁置的矛盾点，从根本上改变今后的警卫计划。

“今日子小姐，可以问你一个问题吗？”

“只要不是有关奖金的问题，当然可以。”

竟然这么急着断却我的后路。莫非她刚刚抱我也是为了把这事糊弄过去？

“是关于那个色卡本显示的位置坐标的事情——”

“是这个啊，幸好你发现了，帮大忙了。”

“是我发现晚了，我会好好反省。但是，为什么你还记得保存在笔记本里的色卡本呢？”

今日子小姐曾在旧车中被下过药，或是被绑架犯用催眠瓦斯等（具体手段已经无从知晓）重置过记忆。

但是，既然这些都已经忘记，那比这更早的记忆——早晨出门前，通过电脑或手机获取的“最低限度记忆”也该被抹除了才对。可她竟然还记得色卡本中的暗号，未免太奇怪了，这件事我没告诉日怠井警部。

如果今日子小姐的脑中存在“未被重置”的记忆，那多少会影响到忘却侦探的招牌。不只是色卡本、暗号表，连一千多张照片的配色、排布都记得一清二楚，难免会引人怀疑。这次虽然勉强化解了危机，万一下次又遇到相同动机的绑架犯，恐怕没办法再用“我已经忘了”的借口搪塞吧。

“没错，为了避免被绑架犯发现，我故意以解谜为借口，随意编造了一些谎言，比如你有心灵感应能力之类的。”

这谎话水平真不敢恭维。

实际肯定没这么随便吧……如果她真与绑架犯聊过这些，那确实有可能故意放跑她。看来我的猜测还是有一定的可信度。

“但我必须要把真相告诉你呢。”今日子小姐“嘿嘿”地笑了笑，继续说道，“因为你为了救我吃了这么多苦头，却不要求加薪，简直是不可多得的优秀警卫。”

我绝对会要求加薪的。

我要拼死捍卫劳动者的权利。但是，真相到底是什么？

“其实真相没什么特别的，因为我是在青少年时期想出的色卡本暗号。”

“你十几岁的时候就想出了这办法吗？”

曾经听人说，今日子小姐的忘却体质并非与生俱来的，她只会重置最近七八年的记忆。也就是说，暗号表是在这之前制作的，即便记忆每天重置，也丝毫不受影响。我曾以为，忘却侦探是因为每睡一觉记忆会被抹除，才能发挥出如此罕见的才能。现在看来，掟上今日子早在青少年时期，就已经显示出了异于常人的智慧。

“我那么聪明，就是为了避免这种情况的发生，才特意将色卡本保存了起来，就算没有保存，我也会想到其他办法的。”

逃脱计划也依然遵循着网罗主义。

实际上，至于今日子小姐对我这个“陌生人”究竟抱有多少期待，仍然是个未知数。我使出浑身解数完成的推理，奇迹般收获了成效。虽然我深感自豪，但或许在今日子小姐眼里，那不过是多个备选逃脱方案中，碰巧奏效的一个而已。

可平日，我可能连这点程度都做不到。

“这下明白了吗？”

“啊……嗯，明白了，又好像没明白。”

“那是最好不过了。对了，我不在的时候，有没有发生什么异常事态？”

“没有，没发生什么。”

“那就好。好了，我也该去冲个凉睡觉了。虽然我也不想忘记你为我付出的努力，但我实在是太困了。”

“嗯——我也该去休息了。”

在两亿日元的床上。

心中的疑惑得到解答，总算能安心地睡个好觉。但是，在入睡之前，我又想到了新的不安要素——青年时期的今日子小姐制作的暗号表。

不只是手机照片中包含的位置情报，上面还记录着拍摄的日期和具体时间，可谓情报的宝库。忘却侦探的过去充满了谜团，但如果有了这些照片，通过专业分析，或许能弄清她曾经的活动轨迹，不同时间点的详细位置信息。

在如今这个信息化社会，连我这种水平的人都能推理出绑架犯的真实身份，所以最好尽早排除危险要素。

虽然我不知道如何更改照片中包含的位置信息，但至少我会更改日期。等睡醒后立刻动手——想着想着，我进入了梦乡。我果然当不了最快警卫。

第二天早晨，我打开事务所的笔记本电脑，发现“文件夹名·色卡本”的数据不留痕迹地被删除了——用不着更改什么日期，整个文件夹直接被抹除。

到底是谁干的。

其实不用想也知道，肯定是那位神秘侦探干的。

而且，我床底下的公文包、花洒连接管中的防水纸都不见了……就算防水纸是她冲凉的时候顺便处理的，那我床底下的东西是如何拿走的?

被绑架了这么久，好不容易回到公馆，结果却顾不上休息，立刻为“第二天”收拾起残局。不愧是最快侦探，应对速度堪称迅猛。从来不想“明天醒来”后会是怎样，因为今日子小姐只有今天。

全都是一次性备忘录，包括那本我亲眼见到过，已然不会再使用第二次的暗号表色卡本。

哎呀，能得到信任，我深感欣慰。

当然，今日子小姐已经忘记了删除暗号的事情。万一她下次又被绑架，这次的办法恐怕就派不上用场了。明知道有这种风险，今日子小姐还是删除了有关自己过去的数据，选择继续做忘却侦探，继续守护秘密——相比保身，她更想守密。

好吧，反正没有下次了。

因为我会好好守护这样的今日子小姐。

## 写在最后

作品中亲切守先生也提到过，一般彩虹都被认为有七种颜色，但严格来说，并不是七种，而是有无数种颜色。根据地区与文化圈的差异，有的认为有五种、六种甚至八种、九种颜色，每个人的看法都不一样。即便实际看到彩虹，大多数人都会认为“应该就是七种颜色”。或者说，因为大家都认为有七种颜色，所以就是七种颜色。实际看上去并不只有七种颜色，那不过是一种消极赞同的心理。仔细想想，“七”是一个特别的数字，它被赋予了幸运的含义。据说人能瞬间辨识的数字的平均值是七个，“彩虹有七种颜色”的说法只是因为更容易理解吧。诸多说法中，唯有七色的说法得到认同。其实不仅限于彩虹和颜色的问题，世间不乏有人为了追求“简单易懂”“易于理解”而忽略一些细微的差别。血型普遍被分为A型、B型、AB型和O型四种，实际上的分类要更为详细。十二星座中其实存在第十三个蛇夫座——似乎有些离题，总之就是这种感觉。虽说是同个名侦探，但在此前刻画的推理故事中，每个阶段的形象都各有特色，不可同日而语。说这么多，可能会有人觉得我很烦，认为那就是“同一个名侦探”。有个词叫喜怒哀乐，但人的感情真的只有四种吗？两者是一个道理。说极端点，甚至有人认为四种太多，感情完全可以分为快乐和不快乐两种。正如有人认为“彩虹不是七色，而是彩虹色”。

所以，忘却侦探系列的最新作是关于绑架。被绑架的是名侦探，确切地说，并非传统意义的绑架。亲切守先生久违地在长篇故事中充当故事叙述人，描写的过程十分愉快。关于两人的关系，短篇中会详细解释。推测可能会收纳在《掟上今日子的乘车券》这一单行本中。不同于隐馆厄介与警部的视角，这次将呈现出一个不一样的今日子小姐。《掟上今日子的色卡本》就是这种感觉。

VOFAN先生绘制的今日子小姐的封面颜色也是一样丰富多彩呢，真的非常感谢。下一卷是《掟上今日子的五线谱》，请多多支持。

西尾维新

北京市版权局著作合同登记号：图字 01-2021-5020

图书在版编目（CIP）数据

捉上今日子的色卡本 /（日）西尾维新著；绯华璃译. -- 北京：台海出版社，2021.12
ISBN 978-7-5168-3136-6

Ⅰ. ①捉… Ⅱ. ①西… ②绯… Ⅲ. ①推理小说－日本－现代 Ⅳ. ① I313.45

中国版本图书馆 CIP 数据核字 (2021) 第 190253 号

# 捉上今日子的色卡本

著　者：[日]西尾维新　　译　者：绯华璃

出 版 人：蔡　旭　　封面绘制：VOFAN
责任编辑：员晓博　　封面设计：MF

出版发行：台海出版社
地　址：北京市东城区景山东街 20 号　　邮政编码：100009
电　话：010-64041652（发行、邮购）
传　真：010-84045799（总编室）
网　址：www.taimeng.org.cn/thcbs/default.htm
E－mail：thcbs@126.com

经　销：全国各地新华书店
印　刷：三河市嘉科万达彩色印刷有限公司
本书如有破损、缺页、装订错误，请与本社联系调换

开　本：880 毫米 ×1230 毫米　　1/32
字　数：165 千字　　印　张：5.75
版　次：2021 年 12 月第 1 版　　印　次：2021 年 12 月第 1 次印刷
书　号：ISBN 978-7-5168-3136-6

定　价：48.00 元